Cantos populares do Brasil

SÍLVIO ROMERO

Cantos populares do Brasil

Introdução e notas comparativas
Theophilo Braga

Principis

Esta é uma publicação Principis, selo exclusivo da Ciranda Cultural
© 2021 Ciranda Cultural Editora e Distribuidora Ltda.

Texto
Sílvio Romero

Imagens
Nadia Grapes/shutterstock.com

Revisão
Catrina do Carmo

Design de capa
Ana Dobón

Diagramação
Linea Editora

Produção editorial
Ciranda Cultural

Dados Internacionais de Catalogação na Publicação (CIP) de acordo com ISBD

R763c	Romero, Sílvio
	Cantos populares do Brasil / Sílvio Romero. - Jandira : Principis, 2021.
	320 p. ; 15,5cm x 22,6cm. - (Clássicos da literatura)
	ISBN: 978-65-5552-436-9
	1. Músicas populares. 2. Cantos populares. 3. Brasil. I. Romero, Sílvio. II. Título. III. Série.
	CDD 781.63
2021-1240	CDU 784.4

Elaborado por Vagner Rodolfo da Silva - CRB-8/9410

Índice para catálogo sistemático:
1. Músicas populares 781.63
2. Músicas populares 784.4

1ª edição em 2021
www.cirandacultural.com.br
Todos os direitos reservados.
Nenhuma parte desta publicação pode ser reproduzida, arquivada em sistema de busca ou transmitida por qualquer meio, seja ele eletrônico, fotocópia, gravação ou outros, sem prévia autorização do detentor dos direitos, e não pode circular encadernada ou encapada de maneira distinta daquela em que foi publicada, ou sem que as mesmas condições sejam impostas aos compradores subsequentes.

Sumário

Advertência 7

Sobre a poesia popular do Brasil 9

Primeira série 25

Segunda série 185

Terceira série 217

Advertência

Esta coleção de *Cantos populares do Brasil* estava pronta há seis anos. A coletânea foi feita diretamente pelo signatário destas linhas em Pernambuco, Sergipe, Rio de Janeiro e, em menor escala, na Bahia e Alagoas. Dos escritos sobre este assunto de Celso de Magalhães, José de Alencar, Couto de Magalhães, Carlos de Koseritz, Carlos Miler e Theophilo Braga, o coletor separou alguns espécimes da nossa poesia popular. Araripe Junior, Franklin Távora e Macedo Soares enviaram-lhe, espontaneamente, alguns subsídios. Tudo isso é notado no decorrer do volume. Aquilo que não foi coletado por nós francamente o declaramos.

A obra se divide em quatro partes: *Romances e Xácaras, Reinados e Cheganças, Versos gerais, Orações*. Leva um apêndice contendo uma silva de *Quadrinhas* soltas do Rio Grande do Sul, que devemos ao senhor Carlos de Koseritz.

A primeira parte encerra os *Romances e Xácaras* de origem portuguesa e os célebres *Romances de Vaqueiros*, que constituem um dos ciclos mais importantes da nossa poesia popular.

A segunda consta dos versos cantados nas *Janeiras*; aí, ao lado da poesia herdada, há muita inspiração puramente local e brasileira.

Na terceira parte, a que conservamos a denominação que tem em Sergipe, afastamo-nos do método geralmente seguido, que consiste em enfeixar uma multidão de *quadrinhas*, constituindo uma *silva*.

Notamos que, na tradição, estes versos andam agrupados, todos harmônicos, que têm um sentido determinado. Os versos são repetidos em seções distintas, e nós as conservamos.

A quarta e última parte é exígua e de pequeno interesse ao par das outras. Nada temos a dizer aqui sobre o modo por que encaramos a poesia anônima do Brasil. Este trabalho já foi feito nas páginas da *Revista Brasileira*, e os daremos em volume nesta série.

Resta-nos apenas agradecer a todos aqueles que nos ajudaram nesta ímproba tarefa e, especialmente, aos senhores Theophilo Braga e Carrilho Videira, que tão brilhantemente se ofereceram para salvar das traças esta coleção, que foi repelida pelos livreiros e editores brasileiros com o mesmo horror com que se foge da peste.

SÍLVIO ROMERO
Rio de Janeiro – novembro de 1882

Sobre a poesia popular do Brasil

A população do vasto território do Brasil, constituída pelo elemento preponderante da antiga colonização e da atual emigração portuguesa, pela convivência da raça negra e pela mestiçagem com os povos indígenas, adquiriu caráteres próprios de ordem sentimental, intelectual e econômica que a levaram a afirmar a sua individualidade de nação. Existe uma nacionalidade brasileira superior a todas as combinações da política e dos interesses dinásticos, formada pelas condições fatais da etnologia e da mesologia, e à qual a marcha histórica das suas lutas pela independência e do seu conflito com as velhas civilizações europeias vem completar a obra da natureza, dando-se o relevo moral, o caráter e o destino consciente no concurso simultâneo de todos os seus fatores. A nacionalidade brasileira está neste período de transição; os vestígios tradicionais dos seus elementos constitutivos acham-se em contato, penetram-se, confundem-se entre si para virem a formar a poesia de um povo jovem e é o tema fecundo de belas criações literárias e artísticas de uma civilização original. É neste momento único na história da formação de uma nacionalidade que os *Cantos populares do Brasil* foram coletados, adquirindo, por isso, o valor de um documento importantíssimo, que viria a obliterar-se com certeza; nesses cantos, há ainda as suturas distintas dos seus elementos primordiais, e há a feição definida que começa a caracterizar o gênio brasileiro na literatura e na arte. À parte o interesse que se liga a este documento etnológico, os *Cantos populares do Brasil* apresentam um duplo valor, porque trazem os temas tradicionais sobre o que a nova literatura brasileira tem de assentar às suas bases orgânicas, e porque são a irradiação remota dos vestígios tradicionais deixados pelo povo português na época da sua grande atividade e expansão colonizadora.

O Brasil, cuja poesia tanto desvairou pela imitação do subjetivismo byroniano, e cuja Literatura nascente se amesquinhou seguindo longo tempo o nosso atrasado romantismo europeu, só poderá achar o seu caráter original conhecendo e compreendendo o elemento étnico das suas tradições populares. O vigoroso crítico e inteligente professor Sílvio Romero, coordenando a coleção dos *Cantos populares do Brasil*, completa o pensamento fundamental da sua *Introdução à História da Literatura Brasileira*, apresentando a matéria-prima de criação anônima para ser elaborada pelos gênios individuais. A fundação da literatura alemã começou pelos trabalhos de exploração científica sobre as antigas tradições do gênio germânico; em Portugal, Garrett, ao iniciar a transformação romântica da literatura, pressentiu o critério novo, interrogando em seu *Romanceiro* a tradição popular. Os escritores mais originais e queridos do povo português, os que exerceram uma ação mais profunda, como Gil Vicente e Camões, Jorge Ferreira e Garrett, foram os que se inspiraram diretamente das tradições populares; e assim como por estas se avalia a originalidade e fecundidade das criações literárias, são elas também o meio mais seguro de atuar na consciência nacional e de infundir vigor no seu individualismo.

Cantos populares do Brasil é o depósito augusto conservado da vida moral transmitido pela mãe pátria: sob este aspecto, ele vem completar a tradição portuguesa, tão apagada já no continente e tão vigorosa nas colônias

CANTOS POPULARES DO BRASIL

distantes, como se vê pelos opulentos tesouros dos *Cantos populares do Arquipélago açoriano* e pelo *Romanceiro do Arquipélago da Madeira*. Esse fato é uma lei da história que se confirma com a poesia de outras nações; é nas colônias distantes que se dá a persistência tradicional, que vem a reagir no renascimento moral da metrópole. Nas colônias gregas da Ásia Menor, nas lutas de assimilação entre as tribos jônicas e eólicas, é que se elaboraram as epopeias homéricas, que deram à Grécia essa coesão moral com que resistiu à invasão da Pérsia, salvando os destinos da civilização do Ocidente[1]. Dá-se o mesmo fenômeno com a Itália, cujos veios tradicionais apresentam a sua maior riqueza nas ilhas da Sicília, da Sardenha e da Córsega, como o afirma Ratery; e enquanto a Espanha era asfixiada pelo intolerantismo católico, que, pelos seus *Índices expurgatórios*, proibia os cantos do povo, faziam-se as primeiras coleções de Cantos tradicionais de Nájera e Martín Nucio, para acudir as necessidades de sentimento dos soldados expedicionários nas guerras da Itália e dos Países Baixos. Também as primeiras investigações da poesia tradicional da Finlândia, pelo bispo Portan, em 1786, só se tornaram fecundas quando novos eruditos, como Topelius, em 1820, e Lönnrot, em 1832, levaram as suas investigações fora da própria Finlândia, pelas colônias dos emigrantes de Arkhangel, no distrito de Wuokkiniemi, na Carélia, na Lapônia e na Sibéria. Na Pequena Rússia, dá-se um fato semelhante: "Conhecem-se as *bylinas* russas que celebram os feitos de Vladimir, príncipe de Kief, d'Ilia, de Alechá Popovitch, e outros derrubadores de tártaros e dragões. O que há aqui de estranho é que essas *bylinas* são cantadas de um ao outro extremo da Grande Rússia, a ponto de se coligirem sobre o Onega, sobre o Moscova, sobre o Volga, ao passo que, na Pequena Rússia, são desconhecidas do povo. É precisamente nos arredores dessa cidade de Kief, em cujas barreiras velaram os heróis dessas lendas e que conserva nas suas catacumbas o corpo de Ilia de Murom, que o aldeão perdeu completamente a memória dos seus feitos".[2]

---

[1] Ottf. Müller, *Hist. da Literatura grega*, t. l, p. 92, trad. Hildebrand.
[2] Rambaud, *O Congresso archeologico de Kief.* (Rev. des Deux Mondes, 1874, p. 803).

No renascimento da poesia tradicional portuguesa, repete-se este fenômeno importante de ser na emigração que Garrett conheceu a existência de um romanceiro nacional, e de ser do elemento colonial que provieram as principais riquezas poéticas que acordaram o interesse dos críticos. Costa e Silva coligiu da versão oral de uma senhora de Goa o romance popular da *Donzela guerreira*, que imprimiu como tema originário do seu poema *Isabel* ou a *Heroína de Aragão*; e Garrett, recordando-se da sua infância, aponta a circunstância que o levou ao desenvolvimento do seu romanceiro: "Foi o caso, que umas criadas velhas de minha mãe, e uma mulata brasileira de minha irmã, apareceram sabendo vários romances...[3]" Aqui o fenômeno individual explica o fenômeno social; a colônia conserva o estado da civilização que recebeu em uma dada época e que o isolamento torna estável, da mesma forma que o indivíduo quanto mais se imerge nas ínfimas camadas sociais mais persiste na situação psicológica rudimentar de que já estão afastadas as classes cultas. Tal é o fenômeno da sobrevivência dos costumes entre o povo. Na investigação dos *Cantos populares do Brasil*, a vitalidade da tradição poética despertou o interesse dos críticos longe da capital, no Maranhão, onde o malogrado Celso de Magalhães começou a sua colheita de Romances, em Sergipe, terra natal de Sílvio Romero, que continuou em Pernambuco as suas pesquisas durante o curso acadêmico, e no Rio Grande do Sul, onde Carlos Koseritz coligiu os cantos líricos. Além do seu valor nacional, estes trabalhos vêm completar a série de investigações na área colonial, tão fecunda como se vê pelos Romanceiros dos arquipélagos dos Açores e Madeira, e que agora nos explicam a razão por que é que Portugal sobreviveu sempre como nacionalidade através das mais profundas catástrofes. É porque possuía uma tradição profunda.

Para atacar esta nacionalidade foi preciso fazer esquecer ao povo os seus cantos, substituindo-os por orações fúnebres. Dom João de Melo, bispo de Coimbra, mandou compor um catecismo e fê-lo decorar à força pelos povos das aldeias: "era muito para louvar a Deus ver andar os rústicos aldeanos trabalhando no campo, e juntamente cantando em lugar de

---

[3] *Romanceiro*, t. l, p. XVI.

CANTOS POPULARES DO BRASIL

outras cantigas, a doutrina do papel, para lhes ficar na memória."[4] Sabe-se como o padre Ignacio de Azevedo arrebanhava as crianças sob o Pendão da Santa Doutrina e lhes fazia decorar versos de jaculatórias insulsas, e como frei Antônio de Portalegre metrificava a paixão para eliminar do vulgo o gosto dos romances heroicos. A tradição apagava-se em Portugal, e a nacionalidade caía e incorporava-se como província à Espanha sem protesto e sem dignidade. Pelas *Décadas* de Diogo do Couto é que se conhece como a tradição revivescia nas conquistas da Índia; traz o cronista muitos romances alusivos a fatos históricos e a situações notáveis. Citaremos algumas das suas referências:

> Pelos campos de Salsete
> mouros mil feridos são;
> vai-lhes dando no encalço
> o de Castro Dom João.
> Vinte mil eram por todos...
>
> (*Década* VI, liv. 4, cap. 10).

Satirizavam em Goa o vice-rei Dom Constantino de Bragança com este romance:

> *Mira Nero da janela*
> *Ia nave como se haria.*
>
> (*Década* VII, liv. 9, cap. 17).

Década IV, livro 8, cap. 11, traz esse estribilho lírico:

> Olival,
> Olival verde,
> Azeitona preta,
> Quem te colhera!

---

[4] Padre Manoel Bernardes, *Últimos fins do homem*, p. 405.

E com relação a dadas situações dos guerreiros, alude aos romances com que entre se entendiam:

> Dom Duarte, Dom Duarte
> mal cavaleiro provado.
>
> (*Década* VII, liv. 5, cap. 3).
>
> Entram os gregos em Troia
> Três a três e quatro e quatro.
>
> (*Ibid*. VIII, cap. 32).
>
> Vámonos, dixo mi tio,
> a Paris, essa ciudad
> nom en trajos de Romeros
> porque no os conosca Galvan...
>
> (*Ibid*. IX, cap. 12).

Nas obras de Camões, há muitas referências aos romances tradicionais, sobretudo nas Cartas que escreveu da Índia; vê-se que longe da metrópole a poesia conservava todo o seu vigor. Estes fatos nos levam a inferir que, na primeira época da colonização do Brasil, deveria ter existido uma forte corrente de poesia tradicional, não inferior à que se manifestava na Índia; porém os documentos faltam, e o único trecho citado pertence ao elemento negro, o *Vem cá, Vitu*. O que se pode concluir, sendo o elemento colonial do Brasil o mesmo que o da Índia, é que as tradições poéticas na população brasileira foram não só deturpadas pelas tradições da classe negra e do selvagem, como sistematicamente esquecidas pelo desprezo que sobre elas atraíram os jesuítas com a sua direção moral. O que os Jesuítas fizeram em Portugal repetiram-no no Brasil; o padre Fernão Cardim, descrevendo as aldeias de índios catequizadas, fala das crianças que eles educavam: "Estes meninos falam o português, *cantam a doutrina pela rua* e encomendam as almas do purgatório."

Como é que renasceu a poesia tradicional nas diversas províncias do Brasil, a ponto de apresentar hoje uma eflorescência que espanta?

CANTOS POPULARES DO BRASIL

Explicamo-lo, além de uma persistência provincial espontânea, pela cooperação permanente da emigração portuguesa do Minho e em especial das ilhas dos Açores e Madeira. O romance do *Casamento malogrado*, (n.º 10) alusivo à morte do príncipe Dom Afonso, filho de Dom João II, que se repete em Sergipe, já sem sentido, é corrente nas versões açorianas, na ilha de Sam Jorge; o romance de *Juliana e Jorge*, (n.ºs 19 e 20) que se repete em Pernambuco e no Ceará, está esquecido em Portugal, e somente se repete na ilha de São Miguel, onde o coligiu o senhor Arruda Furtado. Podemos dizer que se perdeu na tradição continental, pois que subsiste apenas na Catalunha, na versão coligida por Milá y Fontanals. A endecha da *Mulatinha*, (n.º 34) que tende a obliterar-se na tradição de Sergipe na forma de parodia, acha-se unicamente na ilha da Madeira, com o título de *A Mulatona*, completa e com uma graça inexcedível. A emigração portuguesa para o Brasil alimenta essa persistência tradicional sem, contudo, tirar a cada província o caráter da sua elaboração local. Pelas investigações de Celso de Magalhães, de Sílvio Romero, de Araripe Junior e de Carlos de Koseritz, já se pode definir a feição da poesia tradicional e popular de cada província. Na Bahia, a sede antiga da colônia, preponderou o elemento negro e um desenvolvimento de cantos líricos subordinados a esse baile lascivo tão caraterístico chamado o baiano. Os pontos mais frequentados sofreram essa mesma obliteração tradicional, como se observa em Pernambuco com a sua população mercantil e marítima, e no Rio de Janeiro, onde prevaleceu a *modinha* conservada pelo elemento feminino. No Rio Grande do Sul, assiste-se à decadência e transformação dos cantos heroicos em líricos; ali se conserva o tipo daquela cantiga do século XVII:

> Gavião, gavião branco,
> Vai ferido, vai voando...

que Dom Francisco Manuel intercalou no *Fidalgo aprendiz*, que encantava tanto Garrett, e que ele debalde tentava acabar, quando a voz do povo corta a dificuldade com o improviso:

SÍLVIO ROMERO

Isto são saudades minhas
Que o vão acompanhando.

Nos cantos líricos do Rio Grande do Sul, vem como quadrinhas estrofes narrativas dos romances do *Conde da Alemanha*, da Silvana e *Conde Alarcos*[5]. Este fato também se dá em Portugal, como vemos pelas *Músicas e Canções populares* Coletadas por Neves e Melo:

Manjerona bate à porta,
Alecrim vai ver quem é...

(Op. cit., p. 84)

É assim que começa o romance do *Bernal Francés* na versão insulana:

Alecrim bateu à porta,
Manjerona quem está aí?

A província do Maranhão é a que apresenta mais riquezas tradicionais, posto que esteja menos explorada. Um rapaz de talento, Celso de Magalhães, morto prematuramente em 1879, iniciou essa empresa com uma elevada intuição crítica. Diz ele: "Declaramos que temos unicamente coligidos por escrito os romances do *Bernal Francés, Nau Caterineta* e *Dom Barão*, e que os outros que houvermos de comparar, foram ouvidos, é verdade, mas não pudemos tê-los por escrito por causa da grande dificuldade que encontramos nas pessoas que os sabiam, as quais somente podiam repeti-los cantando, e quando paravam não lhes era possível continuar sem recomeçar[6]. É um estado psicológico primitivo, que garante a pureza arcaica da transmissão tradicional. Os romances conhecidos nas versões

---

[5] Vid. Vol. II, p. 8 e 9.
[6] *O Trabalho* (Recife) de 31 de maio de 1873.

Cantos populares do Brasil

populares do Maranhão por Celso de Magalhães são: *O Passo de Roncesval*, de que cita os versos:

> Sete feridas no peito
> A qual será mais mortal,
> Por uma lhe entra o sol,
> Por outra lhe entra o luar;
> Pela mais pequena delas
> Um gavião a voar.

Da *Moreninha*, cita Celso de Magalhães este final:

> – Donde vindes, mulher minha,
> Que vindes tão isentada?
> Ou tu me temes a morte,
> Ou tu não és bem fadada?
> "Eu a morte não a temo
> Pois dela hei de morrer;
> Temo só os meus filhinhos,
> Doutra mãe podiam ser...
> – Confessa-te, mulher minha,
> Faze ato de contrição
> Que te não tornas a ver
> Nos braços de frei João.

Celso de Magalhães alude aos seguintes romances que ouvira, *Dom Martinho de Avisado, Noiva roubada, Encantada, Alferes matador, Silvana, Dom Pedro, Filha do Imperador de Roma, Dona Angela de Mexia, Casamento e Mortalha,* e a versão pernambucana da *Mulher do nosso mestre*, variante da *Dona Areria*; há coletadas por ele *Dom Carlos de Montealbar, Flor do dia, Juliana* e *Branca Flor.*

A par do Maranhão está Sergipe na abundância de cantos tradicionais e populares; foi durante a ausência desta província, sua terra natal, que Sílvio Romero empreendeu uma coleção de *Cantos e Contos do povo sergipano*; foi este o primeiro núcleo do trabalho que constitui os seus *Materiais para a História da Literatura Brasileira*. O professor Sílvio Romero começou pela necessidade de reagir contra a prolongação do romantismo sentimental e extemporâneo na sociedade brasileira, chamando os novos espíritos, tantas vezes devorados por um lirismo anárquico tomado a sério, para o campo saudável das tradições populares; à medida que alargava a área das investigações em Pernambuco e Rio de Janeiro, ia achando as bases da disciplina crítica tão necessária no desenvolvimento de uma literatura sem intuito. Sílvio Romero compreendeu que a poesia popular do Brasil não seria bem conhecida em sua origem e desenvolvimento nacional sem o estudo dos seus elementos étnicos; foi este o lado original dos seus estudos, pela primeira vez apresentados na *Revista brasileira*. Os três elementos étnicos do povo brasileiro, o *europeu* da primeira colonização e das emigrações subsequentes, o *africano*, dos trabalhadores escravos, e o *indígena* ou *tupi* aproximado pela catequese, cruzaram-se em proporções diferentes, produzindo uma mestiçagem com aptidões novas, segundo a orientação de cada um dos elementos preponderantes. Os grandes antropologistas modernos chegaram à conclusão de que nenhuma das raças humanas, tal como atualmente existem, é pura; todas se conservaram nas suas difíceis aclimações por meio da mestiçagem. Foi este o processo natural e espontâneo com que os portugueses se tornaram os mais tenazes colonizadores. Sílvio Romero procurou na poesia popular do Brasil a expressão destes elementos; avaliando a situação especial em que se achava, escrevia: "Temos a África em nossas cozinhas, a América nas nossas selvas, e a Europa nos nossos salões...". De fato, em algumas províncias, definem-se com clareza estes elementos através da mestiçagem de três séculos; nos cantos da Bahia, acentua-se a sentimentalidade do negro, como nas *Tayeras*; no Ceará prepondera o tupi, apresentando ali a poesia na forma especial, narrativa da vida sertaneja dos *Vaqueiros*, acostumados às grandes lutas e

Cantos populares do Brasil

às corridas para submeter os bois indomáveis. O *Rabicho da Geralda*, o *Boi Espácio* e a *Vaca do Burel* são rudimentos épicos que só serão apreciados conhecendo a situação particular daquela província. Esse gênero poético, primeiramente estudado por José de Alencar, tem sido mais largamente investigado por Araripe Junior. É destes vários elementos étnicos que se compõe o povo brasileiro, entre o qual se transmite as tradições poéticas; Sílvio Romero distingue as suas diversas feições: "Os habitantes das matas são dados à lavoura e chamados *matutos* em Pernambuco, *tabareos* em Sergipe e Bahia, *caipiras* em São Paulo e Minas, e *mandiocas* em algumas partes do Rio de Janeiro. Também são, em geral, madraços e elevam o seu ideal a possuir um cavalo, um *pequira*, como chamam". É entre essa gente que se canta *A Mutuca*, (n.º 27) o *Redondo, sinhá*, (n.º 28) quer no trabalho dos campos, quer quando se reúnem à lareira, ou quando dançam cantando *O senhor Pereira de Moraes*. (n.º 26) "Os homens das praias e margens dos grandes rios são dados às pescas; raro é o indivíduo dentre eles que não tem sua pequena canoa. Vivem de ordinário em palhoças, ora isoladas, ora formando verdadeiros aldeamentos. São chegados a rixas e amigos da pinga e amantes da *viola*. Levam às vezes semanas inteiras dançando e cantando em *chibas* ou *sambas*. Assim chamam umas funções populares, em que ao som da viola, do pandeiro e de improvisos, ama-se, dança-se e bebe-se. Quase todo o praieiro possui o instrumento predileto."[7]

Os improvisos são as quadras octossílabas a que se chama *Versos gerais*, formando, por vezes, pequenos grupos com ritornelos e transitando, assim, para a forma tão peculiar da *Modinha* ou cançoneta. Muitas das quadrinhas brasileiras são comuns às versões orais portuguesas do continente e das ilhas, o que facilmente se explica pela renovação dos imigrantes. Alguns costumes da lavoura, como as *bessadas* do Minho, persistem na agricultura do Brasil, sendo essa concorrência cooperativa um pretexto para dançar e cantar; da mesma forma, os costumes de Natal e Reis continuam o que nas cidades e populações rurais se pratica em Portugal, com a diferença que

---

[7] *Revista brasileira*, t. l, p. 198.

esses cantos são, muitas vezes, de origem individual, vulgarizando-se entre o povo, os *capadocios* ou *cafajestes* das cidades. As canções são a forma predileta das mulheres, e na província do Rio de Janeiro é que a *Modinha* encontrou o seu maior desenvolvimento na linguagem e na música. Não discutimos agora a origem tradicional da *Modinha*,[8] cujo tipo se conserva ainda entre o povo português;[9] quando uma certa tendência de individualismo nacional se ia manifestando na população brasileira, a *Modinha* recebe um relevo literário de tal ordem, que veio no século XVIII renovar o lirismo português que se extinguia na insipidez das Arcádias. As *Liras* de Gonzaga tornaram-se mais belas com a triste realidade dos seus amores desgraçados; o *mulato* Caldas encantava a aristocracia lisbonense com os requebros melódicos das *Modinhas*, contra as quais reagiam Filinto Elísio, que embirrava com os versos de redondilha menor, e Bocage, que invejava a celebridade do padre mulato. A *Modinha* trazida do Brasil deslumbrava em Lisboa esse pitoresco observador Beckford, Straford e Kinsey e perpetuava-se entre o povo. Ainda hoje se canta a *Marcia bela*, da qual diz o Marques de Rezende: "o surdíssimo conde de Soure... casado com a excelente filha do Marques de Marialva D. Maria José dos Santos e Menezes, cuja engraçada formosura foi com o nome de *Marcia bela* celebrada nas primeiras modinhas finas portuguesas, que, por esse tempo, compôs e depois publicou sob o pseudônimo de Lereno o doutor Caldas Barbosa".[10] Uma igual assimilação popular se observa no Brasil; escreve Sílvio Romero: "O poeta teve a consagração da popularidade. Não falo dessa que adquiriu em Lisboa, assistindo a festas e improvisando à viola. Refiro-me a uma popularidade mais vasta e mais justa. Quase todas as cantigas de Lereno correm na boca do povo, nas classes plebeias, truncadas ou ampliadas. Tenho desse fato uma prova direta. Quando em algumas províncias do Norte coligi grande cópia de canções populares, repetidas vezes recolhi cantigas de Caldas

---

[8] Vid. *Questões de Literatura e Arte portuguesa*, p. 61.

[9] Vid. *Anuário das Tradições portuguesas*, p. 19 a 24.

[10] *Panorama*, tom. XII, p. 212.

CANTOS POPULARES DO BRASIL

Barbosa como anônimas, repetidas por analfabetos.".[11] O entusiasmo pelas *Modinhas* brasileiras em Portugal, em meados do século XVIII, além dos traços magistrais de Tolentino, acha-se aludido em um entremez de 1786, *A rabugem das velhas*: "Pois minha riquinha avó, esta modinha nova que agora se inventou é um mimo; a todos deve paixão". A velha desespera-se e começa a exaltar o seu tempo passado: "não tornem outra vez a cantar *Cegos amores*, *Laços quebrados* e outras semelhantes asneiras; parece-lhes que tem muita graça, mas enganam-se. Valiam mais duas palavras das cantigas do meu tempo. Ah, mana... quando nós cantávamos o *Minuete das praias*, *Belerma mísera*, a engraçada *Filhota* e a modinha do *Senhor Francisco Bandalho*! Isso é que era deixar a todos com a boca aberta, mas hoje não se ouve mais do que Amores e outras semelhantes nicas, que me aborrecem, e digo que não quero ouvi-las cantar, tem-me percebido". Tolentino alude à modinha do *Senhor Francisco Bandalho*, assim pelo estilo da do *Senhor Pereira de Moraes* dos bailes desenvoltos; em um outro entremez do *Figurão da Peraltice*, vem intercaladas duas estrofes da *Belerma mísera*, com que as antigas damas reagiam contra as modas novas de 1786:

> Belerma mísera
> Suspira e sente
> A ausência dura
> Do seu valente
> Galhardo amor.

> Se agora em cântico
> No ar se apura
> Vendo-te ausente,
> Cisne cantando,
> Venho acabar
> A minha dor.

---

[11] *Introdução à História da Literatura brasileira*, p. 45.

O título dessas modinhas revela-nos a forma como ainda hoje são conhecidos os grupos dos *Versos gerais* no Brasil; é o primeiro verso o que designa todo o grupo de quadrinhas, como *Paixão de amor já te tive*, (n.º 112) *Meu coração sabe tudo*, (n.º 113) *Cravo roxo desidério*, (n.º 122) *Quem quer bem não tem vergonha*, (n.º 132) e outras que se vão destacando pelas melodias de que se tornam a letra exclusiva. O tipo da *modinha*, a repetição tão graciosa dos ritornelos como a preocupação de uma ideia constante, persiste nos processos rítmicos de todos os grandes líricos brasileiros modernos, como Alvares de Azevedo, Gonçalves Dias, Castro Alves, Fagundes Varela, que tiveram a intuição prodigiosa dessa relação tradicional com o seu modo de sentir individual. A melodia das modinhas, que Straford considerava como o elemento orgânico para a criação da Ópera portuguesa, foi também compreendida pelo gênio brasileiro, que tomou posse dessa nova forma de arte.

Há, nos *Cantos populares do Brasil*, documentos curiosíssimos que nos mostram como um povo no meio das suas festas inventa as formas dramáticas; na seção dos *Reinados e Cheganças*, são os Autos rudimentares: *Os Marujos*, (n.º 69) *Os Mouros*, (n.º 70) e o *Cavalo Marinho e Bumba, meu boi*. (n.º 77) Em Portugal, nas festas e procissões das aldeias, ainda se repetem Autos análogos sobre os mesmos assuntos, como as *Mouriscadas* açorianas; infelizmente ainda não coligidos, a não ser o Auto de Santo Antônio, da ilha de São Jorge. Ainda hoje se podem estudar na persistência dos costumes populares os elementos tradicionais de que se serviu Gil Vicente para a criação dos Autos, Farsas e Tragicomédias. Os vilancicos do Natal e cantigas das Janeiras e Reis serviram de primeiro modelo ao criador do teatro português, como se vê em seu monólogo do *Vaqueiro*; os romances e cantigas populares eram intercalados nos seus Autos, da mesma forma que na tradição brasileira, ainda hoje, os romances da *Nau Catarineta* e *a Canção do marujo* vêm intercalados no auto rudimentar dos *Marujos*.

A importância científica que adquire a tradição popular em todas as suas manifestações está constituindo hoje um corpo de documentos espantosos a que se dá o nome de Folclore; há ramos que só por si formam uma

Cantos populares do Brasil

vasta ciência subsidiaria, como a novelística popular sobre os processos comparativos de Benfey, de Koehler e de outros espíritos eminentes, que seguem a decadência dos mitos primitivos até ás simples facecias vulgares e parlendas infantis através das raças as mais afastadas e das civilizações as mais conscientes. O Brasil já se acha dignamente representado nessa ordem de estudos, que tem por destino fornecer à psicologia as manifestações mais francas da afetividade, à crítica os elementos primários e eternos das criações artísticas, e à pedagogia o veículo mais seguro para levar à alma da criança um interesse mental que lhe põe gradativamente em ação todas as suas faculdades. Para prosseguir nesses novos estudos importa compreender o que se chama poesia popular.

Esta designação de *poesia popular* é imperfeita, porque compreende:

1.º) a tradição, oral ou escrita, transmitida sem conhecimento da sua proveniência;

2.º) a vulgarização ou popularidade de certos cantos individuais;

3.º) o sincretismo destes dois elementos:

    a) como abreviação, na expressão oral;

    b) ou como ampliação escrita pelos homens cultos, que comunicam com o povo ou se inspiram diretamente do meio popular.

Essas distinções de uma designação tão complexa não são especiosas e foram estabelecidas com o desenvolvimento da crítica; a Fernando Wolf cabe o ter explicado a diferença intima que existe entre o que é tradicional e o que é popular, não sendo incompatíveis entre si e nem sempre sendo homogêneos os dois produtos. Walter Scott chegou a explicar o processo da formação da poesia popular pelos acidentes que determinavam a abreviação oral, da mesma forma que algumas tradições carlingianas ou arturianas se ampliaram pelos troveiros nas festas francesas e novelas cavalheirescas. Assim como nas camadas inferiores da sociedade é que persiste o tipo antropológico que se obliterou na mestiçagem histórica, é também nelas que se conservam os dados da tradição primitiva, transmitidos através de todas as suas decadências ou transformações; é neste ponto que o que é popular tem quase sempre o caráter tradicional, havendo também produtos individuais transmitidos na corrente da vulgarização. Esta parte só nos interessa para revelar os modos de assimilação e como um certo número de tradições deveria ter tido uma origem individual. Nos *Cantos populares do Brasil* há uma parte tradicional, que se liga ao romanceiro e cancioneiro do ocidente da Europa, cuja unidade foi já determinada por Nigra, Paul Meyer, Liebrecht; há uma outra parte filha da improvisação individual e, portanto, popularizada. É esta, talvez, a mais importante enquanto revelação do gênio de um novo produto étnico que entra na corrente histórica. Dizia Gregorovius que as instituições separam, mas as tradições unificam; vemos isso com Portugal e Brasil, separados pelas suas diversas atividades e interesses políticos, mas irmãos perante as mesmas tradições poéticas, e consequentemente órgãos de expansão dessa Civilização ocidental, cujas tradições épicas e líricas são comuns à Espanha, à França, à Itália e à Grécia moderna.

THEOPHILO BRAGA

Primeira série

Romances e Xácaras

ORIGENS: DO PORTUGUÊS E DO MESTIÇO;
TRANSFORMAÇÕES PELO MESTIÇO

1
Dona Infanta
(Rio de Janeiro)

Estava dona Infanta
No jardim a passear,
Com o pente de ouro na mão
Seu cabelo penteava;
Lançava os olhos no mar,
Nele vinha uma armada.
Capitão que nela vinha
Muito bem a governava.

SÍLVIO ROMERO

"O amor que Deus me deu,
Não virá na vossa armada?"
– Não o vi, nem o conheço,
Nem a sina que levava.

"Ia em um cavalo de ouro
Com sua espada dourada,
Na ponta de sua lança
Um Cristo de ouro levava."
– Por sinais que vós me destes
Lá ficou morto na guerra;
Debaixo de uma oliveira
Sete facadas lhe dera.
"Quando fordes e vierdes
Chamai-me triste viúva,
Que eu aqui me considero
A mais infeliz sem ventura."
– Quanto me dareis, senhora,
Si vos eu trouxe-o aqui?
"O meu ouro e minha prata,
Que não tem conta nem fim."
– Eu não quero a tua prata,
Que me não pertence a mim;
Sou soldado, sirvo ao rei,
E não posso estar aqui.
Quanto me dareis, senhora,
Se vo-lo trouxer aqui?
"As telhas de meu telhado
Que são de ouro e marfim."
– Eu não quero as tuas telhas,
Que me não pertence a mim;
Sou soldado, sirvo ao rei,

CANTOS POPULARES DO BRASIL

E não posso estar aqui.
Quanto me dareis, senhora,
Se vo-lo trouxer aqui?
"Três filhas que Deus me deu
Todas te darei a ti,
Uma para te calçar,
Outra para te vestir,
A mais linda delas todas
Para contigo casar."
– Eu não quero tuas filhas,
Que me não pertence a mim;
Sou soldado, sirvo ao rei,
E não posso estar aqui.
Quanto me dareis, senhora,
Se vos eu trouxe-lo aqui?
"Nada tenho que vos dar
E vós nada que pedir."
– Muito tendes que me dar,
Eu muito que vos pedir:
Teu corpinho delicado
Para comigo dormir.
"Cavaleiro que tal pede
Merece fazer-se assim:
No rabo de meu cavalo
Puxá-lo no meu jardim!
Vinde, todos meus criados,
Vinde fazer isto assim."
– Eu não temo os teus criados,
Teus criados são de mim.
"Se tu eras meu marido,
Porque zombavas de mim?"
– Para ver a lealdade
Que você me tinha a mim.

27

2
A noiva roubada
(Rio de Janeiro)

– Deus vos salve, minha tia,
Na sua roca a fiar!
"Se tu és o meu sobrinho,
Três sinais hás de me dar."
– Cadê o meu cavalo
Que eu aqui deixei ficar?
"O teu cavalo, sobrinho,
Está no campo a pastar."
– Cadê a minha espada
Que eu aqui deixei ficar?
"A tua espada, sobrinho,
Está na guerra a batalhar."
– Cadê a minha noiva
Que eu aqui deixei ficar?
"A tua noiva, sobrinho,
Está na igreja a se casar."
– Sele, sele o meu cavalo
Que eu quero ir até lá;
Eu andei por muitas terras
Sempre aprendi a falar.
– Deus vos salve, senhora noiva,
Neste seu rico jantar.
"Se é servido da boda,
Apeie-se e venha manjar."
– Eu não quero a sua boda,
Nem também o seu jantar,
Só quero falar com a noiva
Um certo particular.

3
O Bernal Francés
(Rio de Janeiro)

"Quem bate na minha porta,
Quem bate, quem está aí?"
– É Dom Bernaldo Francés,
A sua porta mande abrir.

No descer da minha cama
Me caiu o meu chapim;
No abrir da minha porta
Apagou-se o meu candil.
Eu levei-lhe pelas mãos,
Levei-o no meu jardim;
Me pus a lavar a ele
Com água de alecrim;
E eu como mais formosa
Na água de Alexandria.
Eu lhe trouxe pelas mãos,
Levei-o na minha cama.
Meia noite estava dando.
Era Dom Bernaldo Francés;
Nem sonava, nem movia,
Nem se virava para mim.
"O que tendes, Dom Bernaldo,
O que tendes, que imaginas?
Se temes de meus irmãos,
Eles estão longe de ti;
Se temes de minha mãe,
Ela não faz mal a ti;
Se temes de meu marido,

Ele está na guerra civil."
– Não temo dos teus irmãos,
Que eles meus cunhados são;
Não temo de tua mãe,
Que ela minha sogra é;
Não temo de teu marido,
Que ele está a par contigo.
"Matai-me, marido, matai-me,
Que eu a morte mereci;
Se tu eras meu marido
Não me dava a conhecer."
– Amanhã de para manhã
Eu te darei que vestir;
Te darei saia de ganga,
Sapato de berbatim;
Trago-te punhal de ouro
Para te tirar a vida…
. . . .
O túmulo que a levava
Era de ouro e marfim;
As tochas que acompanhavam
Eram cento e onze mil,
Não falando de outras tantas
Que ficou atrás para vir.

"Aonde vai, cavaleiro,
Tão apressado no andar?"
– Eu vou ver a minha dama
Que já há dias não a vejo.
"Volta, volta, cavaleiro,
Que a tua dama já é morta,
É bem morta que eu bem vi,

Se não quereis acreditar
Vai na capela de São Gil."
– Abre-te, terra sagrada,
Quero me lançar em ti.
"Para, para, Dom Bernaldo,
Por modo ti já morri".
– Mas eu quero ser frade
Da capela de São Gil;
As missas que eu disser
Todas serão para ti.
"Não quero missas, Bernaldo,
Que são fogo para mim:
Nas filhas que vos tiver
Botai nome como a mim;
Nos filhos que vos tiver
Botai nome como a ti."

4
Dom Duarte e Donzilha
(Sergipe)

"Eu não procuro igreja,
Nem rosário para rezar;
Só procuro o lugar
Onde Dom Duarte está."

"Deus vos salve, rainha,
Rainha em seu lugar."
– Deus vos salve, princesa,
Princesa de Portugal."
. . . .
. . . .

SÍLVIO ROMERO

– O que me quereis, princesa,
Que novas quereis me dar?
"É o amor de Dom Duarte
Que ainda espero lograr."
– Dom Duarte não está em casa,
Anda na alçada real.
"Mandai levantar bandeira
Para dar um bom sinal."

Palavras não eram ditas,
Dom Duarte na porta estava:

– O que me quereis, princesa,
Que novas quereis me dar?
"É o amor de dom Duarte
Que ainda espero lograr."
– No tempo que eu vos queria,
Me juravam a matar;
Mas hoje que sou casado
Tenho filhos a criar.
. . . .
– Dai-me licença, senhora,
Dai-me licença real
Para dar um beijo em Donzilha
Que ela finada já está.
Dai-lhe quatro, dai-lhe cinco,
Dai-lhe quantos vos poder;
Não tendes mais que beijar
A quem já finada está.

A cova de Donzilha
Foi na porta principal;

Cantos populares do Brasil

A cova de dom Duarte
Foi lá no pé do altar.
Na cova de Donzilha
Foi um pé de sicupira[12];
Na cova de dom Duarte
Nasceu um pé de colar.
Foram crescendo, crescendo,
Cresciam ambos igual;
Lá em riba das galinhas
Lá se foram abraçar.
A viúva que viu isto,
Logo mandou decotar;
Se haviam brotar leite,
Brotaram sangue real.

5
Dona Maria e Dom Arico
(Rio de Janeiro)

– O que é isto que aqui está
No pino da meia noite?
Se tu és alma em pena
Remédio te quero dar,
Se és coisa de outro mundo
Quero-te desconjurar.
Eu não sou alma em pena
Para vós remédio me dar,
Nem sou coisa de outro mundo
Para vós me desconjurar.

---

[12] Ou sucopira, *Bovodichia major*.

SÍLVIO ROMERO

Lá de traz daquela esquina
Estão sete a vos esperar.
– Pelos sete que lá estão
Meu pé atrás não voltaria,
Dom Arico há de cear
Em casa de Dona Maria.
Não jogo, jogo de bala
Que é jogo de covardia,
Jogo com jogo de espada
Que é jogo de valentia.

Dom Arico matou seis;
Ficou um por mais somenos,
Dele conta não fazia.
Este atirou-lhe uma bala
Da mais alta que havia,
A bala caiu no peito
E o peito lhe feria,
Dom Arico foi cair
Na porta de dona Maria;
Pelos ais e os gemidos
Acordava quem dormia.

– O que não dirão agora?
Que mataram este coitado,
Que morreu de mal de amores,
Que é um mal desesperado!
Se me acharem aqui morto
Não me enterrem no sagrado;
Me enterrem em campo de rosas
Das quais eu fui namorado.
Trazei papel, trazei tinta,

CANTOS POPULARES DO BRASIL

Trazei vossa escrivaninha,
Eu quero escrever saudades
No vosso peito, Maria.

6
O Conde Alberto
(Sergipe)

Soluçava dona Silvana
Por um corredor que tinha,
Que seu pai não a casava,
Nem esta conta fazia.

– Eu não vejo neste reino
Com quem case filha minha;
Só se for com conde Alberto[13].
Este tem mulher e filhos.
"Com este mesmo é que eu quero,
Com este mesmo eu queria:
Mandai vos, ó pai, chamá-lo
Para vossa mesa um dia.
– Corre, corre, cavaleiro
Dos mais ligeiros que tenho,
Vai dizer ao conde Olario
Que venha jantar comigo."
– "Ainda ontem vim da corte
Que dom Rei me fez chamar;
Não sei se será para bem,
Ou se será para meu mal.
. . . .

---
[13] Outros dizem *conde Olario.*

– Para matares a condessa,
E casar com minha filha.”
– “Como isto pode ser,
Como isto nunca seria?
Descasar um bem casado
Coisa que Deus não faria?
– Instantes te dou de hora
Que reze uma Ave-Maria,
Que me mandes a cabeça
Nesta formosa bacia.

. . . .

– Contais, marido, tristezas,
Como quem conta alegria!”
– “Não sei que vá vos contar
Que já é em demasia”.
A mesa já estava posta,
Nem um, nem outro comia;
As lágrimas eram tantas,
Que pela mesa corria[14].

7
Dom Carlos de Montealbar
(Sergipe)

Deus vos salve, senhor Dom Carlos;
O senhor que fazia lá?
– Me arrumando, senhora,
Para contigo brincar.

---

[14] Segue-se a despedida da condessa aos filhos e a morte da Infanta; a tradição não dá conta do resto do romance.

CANTOS POPULARES DO BRASIL

Quando estavam a brincar,
Um cavaleiro veem passar;
Dom Carlos como ardiloso
Logo quiz o degolar.

– Não me mate o cavaleiro,
Que é do reino de meu pai.
"Cavaleiro, o que aqui viste
A meu pai não vai contar,
Que eu te darei ouro e prata
Quanto possas carregar.
– Eu não quero ouro e prata
Que a senhora não m'os dá;
Brinquedos que vi aqui
A meu rei irei contar.
Cavaleiro, o que aqui viste
A meu pai não vai contar,
Que eu te darei minha sobrinha
Para contigo casar.
– Não quero sua sobrinha
Que a senhora não me dá;
Folguedos que vi aqui
A meu rei irei contar.
Cavaleiro, o que aqui viste
A meu pai não vai contar,
Te darei o meu palácio
Com todo o meu cabedal.
– Não quero o seu cabedal,
Que a senhora não me dá,
Que isto que eu vou contar
Muito mais me ganhará.
. . . .

– Novas vos trago, senhor,
Novas eu vos quero dar;
Eu topei a Claraninha
Com Dom Carlos a brincar;
Da cintura para riba[15]
Muitos beijos eu vi dar;
Da cintura para baixo
Não vos posso mais contar.
– Se me contasses oculto,
Meu reino te haverá[16] dar;
Como contasse de público,
Mandarei te degolar.
Vão me buscar a dom Carlos,
Depressa, não devagar;
Carregado bem de ferros
Que não possa me falar.
– Vão buscar meu tio bispo,
Que eu me quero confessar
Antes que chegue a hora
Que me venham degolar.
– Deus vos salve, meu sobrinho,
Que em sua prisão está;
Por amor de Claraninha
Lá te vão a ti matar;
Toda a vida eu te disse
Que tu deixasses de amar:
Claraninha era impedida,
Poderiam te matar.
– Saia-se daqui meu tio,
Não me venha a enfadar;

---

[15] Para cima.
[16] Por houvera.

CANTOS POPULARES DO BRASIL

Mais vale eu morrer por ela
Do que deixá-la de amar.
Chiquitinho, Chiquitinho,
Que sempre me foi leal,
Vai dizer à Claraninha
Que já me vão me matar;
Se meus olhos ver os dela
Minha alma se salvará.

– Deus vos salve, Claraninha,
Que no seu estrado está;
Dom Carlos manda dizer
Que já vai se degolar.
Criadas, minhas criadas,
Se quereis me acompanhar,
Eu já me vou com o cabelo
Faltando por entrançar.
Justiça, minha justiça,
Minha justiça real,
Por aquele que está ali
Minha vida eu irei dar.
Deus vos salve, senhor dom Carlos,
Não se dê a desmaiar;
Se a minha alma se perder,
A sua se salvará.
– Conselheiros, conselheiros,
Que conselhos quereis dar:
Que eu mate senhor dom Carlos,
Ou que os mandarei casar?
– O conselho que vos damos
É para os mandar casar,
E pegai este arengueiro

E mandai-o degolar.
Arengueiro, embusteiro,
O que ganhaste em contar?
– Ganhei a forca, senhora;
Dela vinde-me tirar.
Se eu quisera, bem pudera,
Pois nas minhas mãos está;
Para te servir de emenda
Mandarei te degolar.

8
Dom Carlos de Montealbar
(Versão de Pajehú-de-Flores, *apud* Celso de Magalhães)

Linda cara tem o conde
Para comigo brincar.
– Mais linda tendes, senhora,
Para comigo casar.

Veio o caçador e disse:
– A el-rei irei contar
Que apanhei a Claralinda
Com dom Carlos a brincar.
Vem cá, meu caçador,
Caçadorzinho real,
Darei te vilas de França
Que não possas governar,
Darei te prima carnal
Para contigo casar.
– Não quero vilas de França,
Nem sua prima carnal;

CANTOS POPULARES DO BRASIL

Com ela não hei de casar;
A el-rei irei contar,
Mais tem ele que me dar:
Apanhei a Claralinda
Com dom Carlos a brincar.
De abraços e boquinhas
Não podiam desgarrar,
Da cintura para baixo
Não tenho que lhe contar.
– Se me dissesses oculto,
Posto te havia de dar,
Como dissestes ao público
Vai-te já a degolar.
Ide guardas já prender
Dom Carlos de Montealbar,
De mulas a cavalgadas
Que lhe pesem um quintal;
Dizei a seu tio bispo
Que o venha confessar.
– Deus vos salve, Clarasinha,
Rainha de Portugal,
Dom Carlos manda dizer
Que o saias a mirar.
Inda que a alma dele pene
A sua não penará.
– Levanta-te, Claralinda,
Rainha de Portugal,
Ide defender dom Carlos
Para não ir a enforcar.
Que ganhaste, mexeriqueiro,
A meu pai em ir contar?
– Ganhei a forca, senhora,
Dela me queira livrar.

41

9
Dona Branca
(Sergipe)

– O que tens, ó dona Branca,
Que de cor estás mudada?
Água fria, senhor pai,
Que bebo de madrugada.
– Juro por esta espada,
Afirmo por meu punhal,
Que antes dos nove meses
Dona Branca vai queimada.
Eu não sinto de morrer,
Nem também de me queimar,
Sinto por esta criança
Que é de sangue real.
Se eu tivera o meu criado,
Que fora ao meu mandado,
Escreveria uma carta
A Dom Duarte de Montealbar.
– Fazei a carta, senhora,
Que eu serei o mensageiro;
Viagem de quinze dias
Faço em uma Ave-Maria.
Escreve, escreve, senhora,
Que eu serei o teu criado;
Viagem de quinze dias,
No jantar serei chegado.
Abre, abre, cristalina
Janela de Portugal,
Quero entregar esta carta
A Dom Duarte de Montealbar.

Dom Duarte, que leu a carta,
Logo se pôs a chorar,
Dando saltinhos em terra,
Como baleia no mar.

. . . .

Dom Duarte se finge frade
Para princesa confessar:
Lá no sexto mandamento
Um beijo nela quiz dar.

Boca que Duarte beijava
Não é para frade beijar!

Nisto então se descobria
E com ela já fugia,
E para a boda a levou.

10
O casamento malogrado[17]
(Sergipe)

Estava em minha janela
Casada com oito dias,
Entrou uma pombinha branca
Não sei que novas trazia.

São novas ruins de chorar;
Teu marido está doente
Nas terras de Portugal;

---

[17] Anda como final do romance de *Dona Branca*.

SÍLVIO ROMERO

Caiu de um cavalo branco
No meio de um areal,
Arrebentou-se por dentro,
Corre o risco de finar.

11
A Nau Caterineta
(Sergipe)

Faz vinte e um anos e um dia
Que andamos nas ondas do mar,
Botando solas de molho
Para de noite jantar.
A sola era tão dura,
Que a não pudemos tragar,
Foi-se vendo pela sorte
Quem se havia de matar,
Logo foi cair a sorte
No capitão-general.
"Sobe, sobe, meu gajeiro,
Meu gajeirinho real,
Vê se vês terras de França,
Areias de Portugal."
– Não vejo terras de França,
Areias de Portugal,
Vejo sete espadas finas
Todas para te matar.
"Sobe, sobe, meu gajeiro,
Meu gajeirinho real,
Olha para estrela do Norte
Para poder nos guiar."

Cantos populares do Brasil

– Alvistas[18] meu capitão,
Alvistas, meu general,
A visto terras em França,
Areias em Portugal.
Também avistei três moças
Debaixo de um parreiral,
Duas cosendo cetim,
Outra calçando o dedal.
"Todas três são filhas minhas,
Oh! quem me as dera abraçar!
A mais bonita de todas
Para contigo casar."
– Eu não quero suas filhas
Que lhe custou a criar,
Quero a Nau Caterineta
Para nela navegar.
"Desce, desce, meu gajeiro,
Meu gajeirinho real,
Já viste terras em França,
Areias em Portugal…"

12
A Nau Catarineta
(Versão do Rio Grande do Sul, por Koseritz)

Aí vem a Nau Catharineta,
Farta de navegar:
Sete anos e um dia
Sobre as ondas do mar.

---

[18] Alvíssaras.

SÍLVIO ROMERO

Não tinham mais que comer,
Nem tão pouco que manjar;
Botaram sola de molho,
Para no domingo jantar.
A sola era tão dura
Que não podiam tragar;
Botaram sortes em branco
Ao qual havia de tocar.
A sorte caiu em preto
No nosso capitão-general;
A maruja era tão boa
Que não o queria matar.

"Sobe, sobe, Chiquito,
Naquele tope real,
Vê se vês terras de Espanha,
Areias de Portugal."
– Não vejo terras de Espanha,
Nem areias de Portugal,
Vejo só três espadas
Para contigo batalhar.
"Sobe, sobe ali, marujo,
Naquele tope real;
Vê se vês terras de Espanha,
Areias de Portugal."
– Alviçaras, meu capitão,
Alviçaras vos quero dar:
Já vejo terras de Espanha,
Areias de Portugal;
Também vejo três meninas
Debaixo de um laranjal.
"Todas três são minhas filhas,

CANTOS POPULARES DO BRASIL

Todas três vos dera a ti:
Uma para vos lavar,
Outra para vos engomar,
A mais bonita delas todas,
Para contigo casar."

Palavras não eram ditas,
Chiquito caiu no mar.

13
Iria-a-Fidalga
(Rio de Janeiro)

Estava sentada
Na minha costura,
Passou um cavaleiro,
Pedindo pousada.
Se meu pai não dera
Muito me pesara.
Botou-se a mesa
Para o de jantar;
Muita comedia,
Pratas lavradas;
Se fez a cama
Com lençóis de renda,
Cobertas bordadas.
Lá para meia-noite
Ele alevantou-se,
Ninguém achou,
Só a mim levou.
A cabo de sete léguas

Ele me perguntou:
Na minha terra,
Como me chamava?
"Na minha terra
Iria – a fidalga,
Na terra estranha
Iria – a coitada.
Minha Santa Iria,
Meu amor primeiro…
Me degolaram
Que nem um carneiro".

14
Flor do dia
(Versão do Recife, *apud* Celso de Magalhães)

Alevanta, amor,
Desse bom dormir,
Chame sua mãe
Para me acudir."

Levantou-se ele
Sem mais descanso,
Foi selando logo
Seu cavalo branco.

– Deus vos salve, mãe,
No vosso estrado.
– Deus vos salve, filho,
No vosso cavalo.

Apeia para baixo
Jantar um bocado.
– Não quero jantar,
Que vim a chamado,
Que a Flor do Dia
Lá ficou de parto.
– De mim para ela:
Um filho varão,
De espora no pé,
E espada na mão,
Rebente por dentro
Pelo coração.

– Flor do Dia
Faça por parir,
Minha mãe está doente
E não pôde vir.
"Alevanta, amor,
Desse bom dormir,
Chame minha mãe
Para me acudir,
Que ela mora longe,
Mas sempre há de vir.
Grande dor, marido,
É dor de parir!"

– Deus vos salve, sogra,
No vosso estrado.
– Deus vos salve, genro,
No vosso cavalo.
Apeia para baixo

SÍLVIO ROMERO

Jantar um bocado.
– Não quero jantar,
Que vim, a chamado,
Que a Flor do Dia
Lá ficou de parto.
– De mim para ela:
Um filho estimado,
Que eu veja no trono
Um bispo formado.
Espera lá, meu genro,
Deixa-me vestir,
Que ela mora longe,
Mas sempre hei de ir.

– Pastor de ovelhas,
Que sinal é aquele,
Que está dobrando?
– É dona Estrangeira
Que morreu de parto,
Sem haver parteira.
– Aquele sino
Não cessa de dobrar,
Nem meus olhos
Também de chorar.
Adeus, minha filha
Do meu coração,
Que morreu de parto
Sem minha benção.
Adeus, minha filha,
Que eu vinha te ver,
Quem não tem fortuna
Mais vale não nascer.

15
A Pastorinha
(Sergipe)

– Bela Pastorinha,
Que fazeis aqui?
"Pastorando o gado
Que eu aqui perdi."
– Tão gentil menina
Pastorando gado?!
"Já nasci, senhor,
Para este fado."
– Vamos cá, menina,
Para aquele deserto,
Que eu pouco me importo
Que o gado se perca.
"Sai daqui senhor,
Não me dê tormento;
Eu não quero vê-lo
Nem por pensamento.
. . . .
. . . .
Olhe, meu senhor,
Cá volte, correndo,
Que o amor é fogo,
Que me vai vencendo.
Olhem para ele
Como vem galante,
Com meias de seda,
Calção de brilhante!
Se os manos vierem

SÍLVIO ROMERO

Trazer a merenda?"
– Eles não são bicho
Que a nós ofenda.
"E se perguntarem
Em que me ocupava?"
– Em uma manga de água
Que a todos molhava.
"Bem sei que tu queres:
Que te dê um abraço;
É a sombra do mato,
Mas isto eu não faço."
– Eu me sento aqui
Não com má tenção;
Juro-te, menina,
Que seu teu irmão.
"Sai por um monte,
Que eu saio por outro,
A ajuntar o gado
Que é nosso todo."

16
Florioso
(Sergipe)

– Entre pedras e peneiras,
Senhora, vamos a ver;
Menina que estais na fonte,
Dai-me água para beber.
"Com licença do Senhor,
E da Senhora da Guia,

CANTOS POPULARES DO BRASIL

Dizei-me, senhor mancebo,
Se vindes de companhia?"
– A companhia que trago
Já vos digo na verdade;
Venho divertir o tempo,
Que é coisa da mocidade.
"É coisa da mocidade,
Bem já me parece ser;
Dizei-me, senhor mancebo,
Se sabeis ler e escrever?"
– Eu não sei ler e escrever,
Nem mesmo tocar viola;
Agora quero aprender
Na vossa real escola...
"Escola tenho eu de minha,
Nange para negro aprender;
Juízo te dê Deus,
Memória para saber."
– Nestas mimosas esquinas
Faz-se ausência muito mal;
Eu sempre pensei, senhora,
Que vos me queríeis mal.
"Quanto a mim, eu não te quero
Na alma, nem no coração;
Até só te peço, negro,
Que não me toques na mão."
– Nas mãos eu não vos toco,
Nem mesmo bulo convosco;
Quero estar a par de vos,
Pois eu nisto levo gosto.
"Se tu nisto levas gosto,

Desgostas por vida tua;
Que esta casa que aqui está
É de outro e não é tua."
– Se é de outro e não é minha
Inda espero que há de ser;
Menina, diga a seu pai
Que me mande receber.
"Tais palavras eu não digo
Que inda sou muito escusada,
Pois eu sou menina e moça,
Não sou para ser casada."
– Inda mais moças que vos
Regem casa e tem marido;
Assim há de ser, menina,
Quando casardes comigo.
"Mas eu não hei de casar,
Porque não hei de querer;
Eu não me meto a perigos,
Quando vejo anoitecer…"
– Nem eu quero coisa à força,
Senão por muita vontade,
Eu quero gozar a vida,
Que é coisa da mocidade.
. . . .
. . . .
"Donde vem o Florioso
Das melendias penteadas?"[19]
– Eu venho ser o vaqueiro
Das ovelhas mais das cabras.

---

[19] Melendias por melenas.

Cantos populares do Brasil

"Deste mesmo gado eu cuido
Da mais fina geração."
– Daquele que veste luvas
De cinco dedos na mão.
"Já fui contar as estrelas,"
– Eu já sei que estou no caso…
"Eu sei agora, mancebo,
Que tu só és o diabo…
– O diabo eu não sou;
Ai! Jesus, que feio nome!
Só peço ao Senhor da Cruz
Que este diabo vos tome."

17
O Cego
(Sergipe)

– Sou um pobre cego,
Que ando sozinho,
Pedindo uma esmola
Sem errar o caminho:
Aqui está um cego,
Pedindo uma esmola,
Devotos de Deus;
E de Nossa Senhora.

"Minha mãe, acorde
Do seu bom dormir,
Que aqui está um cego
A cantar e a pedir."

– Se ele canta e pede,
Dá-lhe pão e vinho,
Para o pobre cego
Seguir seu caminho.
– Não quero seu pão,
Nem também seu vinho;
Só quero que Anna
Me ensine o caminho.
– Anna, larga a roca,
E também o linho;
Vai com o pobre cego,
Lhe ensina o caminho.
"Já larguei a roca
E também o linho;
Já me vou com o cego
Ensinar o caminho.

O caminho aí vai
Mui bem direitinho,
Se fique aí,
Vou fiar meu linho."
– Caminha, menina,
Mais um bocadinho;
Sou cego da vista,
Não vejo o caminho.
"Caminhe, senhor cego,
Que isto é bem tardar;
Quero ir-me embora,
Quero ir-me deitar."
– Aperta as passadas
Mais um bocadinho;
Sou cego da vista,

CANTOS POPULARES DO BRASIL

Não vejo o caminho.
"Adeus, minha casa,
Adeus, minha terra,
Adeus, minha mãe,
Que tão falsa me era."
– Adeus, minha pátria,
Adeus, gente boa;
Adeus, minha mãe
Que me vou à toa.
"Valha-me Deus
E Santa Maria,
Que eu nunca vi cego
De cavalaria."
– Se eu me fiz cego
Foi porque queria;
Sou filho de conde,
Tenho bizarria.
Cala-te, menina,
Deixa de chorar;
Tu ainda não sabes
O que vais gozar.

– Deus lhe dê bom-dia,
Senhora vizinha,
Esta meia-noite
Me fugiu Aninha.
– Deus lhe dê o mesmo,
Senhora vizinha
De cara mui feia,
Três filhas que tenho
Vou pô-las na peia.

18
Xácara do Cego
(Ceará, *apud* Theophilo Braga)

– Sinhá da casa,
Venha ver seu pobre;
Nem por vir pedir
Deixo de ser nobre.
"Não pode ser nobre
Quem vem cá pedir;
Não há que lhe dar,
Já pode seguir."
– Não usais comigo
Tanta ingratidão,
Deste pobre cego
Tende compaixão.
"Eu não sou dona,
Nem governo nada;
A dona da casa
Ainda está deitada."
– Se está deitada
Ide-a chamar;
Que o pobre do cego
Lhe quer falar.

"Acordai, senhora,
Do doce dormir;
Vinde ver o cego
Cantar e pedir."
– Se ele canta e pede
Dai-lhe pão e vinho,

Para o pobre cego
Seguir seu caminho.
Larga, Aninha, a roca
E também o linho;
Vai ensinar o cego
Seguir seu caminho.

"Aqui fica a roca,
Acabou o linho;
Marchai adiante, cego,
Lá vai o caminho."
– Anda, anda, Aninha,
Mais um bocadinho;
Sou curto da vista,
Não enxergo o caminho.
"De conde e fidalgo
Me vi pretendida,
Hoje de um cego
Me vejo rendida."
– Cala-te, condessa,
Prenda tão querida,
Eu sou este conde
Que te pretendia.
"Cala-te, conde,
Não digas mais nada;
Só quero saiamos
Daqui desta estrada.
Infinitas graças
Vos dou, meu senhor,
Já ter vencido
Um cruel amor.

19
Juliana
(Coligido por Celso de Magalhães, em Pernambuco)

– Deus vos salve, Juliana,
No teu estrado assentada.
"Deus vos salve, rei Dom Joca,
No teu cavalo montado.
Rei Dom Joca, me contaram
Que tu estavas para casar?
– Quem te disse, Juliana,
Fez bem em te desenganar.
"Rei Dom Joca, se casais
Tornai ao bem querer,
Poderás enviuvar
E tornar ao meu poder.
– Eu ainda que enviúve
E que torne enviuvar,
Acho mais fácil morrer
Do que contigo casar.
"Espera aí, meu Dom Joca,
Deixa subir meu sobrado,
Vou ver um copo de vinho
Que para ti tenho guardado."
– Juliana, eu te peço
Que não faças falsidade.
Vejais que somos parentes,
Prima minha da minha alma.
Que me deste, Juliana,
Neste copinho de vinho,
Que estou com a rédea na mão,

Cantos populares do Brasil

Não conheço o meu caminho?
A minha mãe bem cuidava
Que tinha seu filho vivo.
"A minha também cuidava
Que tu casavas comigo."
– Ó meu pai, senhora mãe,
Me bote sua benção,
Abrace bem apertado
O meu maninho João.
Meu pai, senhora mãe,
Me bote a sua benção;
Lembranças à dona Maria,
Também à dona Celerencia.
A minha alma entrego a Deus,
O corpo à terra fria,
A fazenda e o dinheiro
Entregue a dona Maria.
– Cale a boca, meu Dom Joca,
Ponde o coração em Deus,
Que este copo de veneno
Quem te há de vingar sou eu.
– Já se acabou, já se acabou,
Oh flor de Alexandria!
Com quem casará agora
Aquela moça Maria?
Já se acabou, já se acabou,
Já se acabou, já deu fim.
Nossa Senhora da Guia
Queira se lembrar de mim.

20
Xácara de Dom Jorge
(Ceará, *apud* Theophilo Braga)

Dom Jorge se namorava
De uma mocinha mui bela;
Pois que apanhando servido
Ousou logo de ausentar-se
Em procura de outra moça
Para com ela casar.
Juliana que disto soube,
Pegou logo a chorar,
A mãe lhe perguntou:

– De que choras, minha filha?
"É Dom Jorge, minha mãe,
Que com outra vai casar."
– Bem te disse, Juliana,
Que em homens não te fiasses;
Não era dos primeiros
Que às mulheres enganasse.

– Deus te salve, Juliana,
No teu sobrado assentada!
"Deus te salve, rei Dom Jorge,
No teu cavalo montado.
Ouvi dizer, rei Dom Jorge,
Que estavas para casar?"
– É verdade, Juliana,
Já te vinha desenganar.
"Esperai, rei Dom Jorge,
Deixa-me subir a sobrado;
Deixa buscar um copinho

Que tenho para ti guardado."
– Eu lhe peço, Juliana,
Que não haja falsidade;
Olhe que somos parentes,
Prima minha da minha alma.
"Eu lhe juro por minha mãe,
Pelo Deus que nos criou,
Que rei Dom Jorge não logra
Esse seu novo amor."
– Que me deitas, Juliana,
Neste seu copo de vinho?
Estou com as rédeas nas mãos,
Não enxergo meu russinho?
Ai, que é do meu paisinho,
Por ele pergunto eu?
Eu morro, é de veneno
Que Juliana me deu.
– Morra, morra o meu filhinho,
Morra contrito com Deus,
Que a morte que te fizeram
Ela quem vinga sou eu.
– Valha-me Deus do céu,
Que estou com uma grande dor;
A maior pena que levo
É não ver meu novo amor.

21
A flor de Alexandria
(Sergipe)

Adeus, centro da firmeza,
– Adeus, flor de Alexandria,

Se a fortuna me ajudar
Te buscarei algum dia.
Não sei se mais te verei;
Qual será a minha sorte?
De eu te amar até à morte,
Como de antes eu te amei?
Meu coração já te dei,
A outro não posso dar:
Só a ti posso afirmar,
Que de outro não há de ser.
Guarda, pois, esta firmeza,
Nunca te esqueças de mim;
Se a fortuna me ajudar,
Esta ausência terá fim.
Adeus, jasmim de alegria,
Espelho aonde me via;
Rompe o sol e rompe a aurora,
Adeus, clara luz do dia.

22
Branca-Flor
(Versão do Recife, *apud* Celso de Magalhães)

"Se fora na minha terra,
Filha, te batizaria:
O nome que eu te botava
Rosa flor de Alexandria,
Que assim se chamava
Uma irmã que eu tinha,
Que os mouros carregaram
Desde pequenina."
– Se tu visses essa irmã,

CANTOS POPULARES DO BRASIL

Tu a conheceríeis?
Que sinal me davas dela?
"Um sinal de carne tinha,
Em cima do peito trazia,
Que ela assim se chamava
Rosa flor de Alexandria."

23
Xácara de Flores Bela
(Versão do Ceará, *apud* Theophilo Braga)

– Mouro, se fores às guerras
Trazei-me uma cativa,
Que não seja das mais nobres,
Nem também da vila minha;
Seja das escolhidas
Que em Castelhana havia.

Saiu o conde Flores
Fazer essa romaria:
A condessa, como nobre,
Foi em sua companhia.
Matam o conde Flores,
Cativaram Lixandria,
E trouxeram de presente
A rainha de Turquia.

– Vem cá, vem cá, minha moura,
Aqui está vossa cativa;
Já vou entregar as chaves,
As chaves da minha cozinha.
Entregai, entregai, senhora,

SÍLVIO ROMERO

Que a desgraça foi minha;
Ainda ontem ser senhora,
Hoje escrava de cozinha.

Ao cabo de nove meses
Tiveram os filhos em um dia:
A moura teve um filho,
A cativa uma filha.
Levantou-se a moura
Com três dias de parida,
Foi à cama da escrava:
– Como estais, escrava minha?
Como ei de estar, senhora?
Sempre na vossa cozinha.

Foi olhando para a criança,
Foi achando muito linda:
– Se estivesses em tua terra
Que nome tu botarias?
Botaria Flores Bela,
Como uma mana que tinha,
Que os mouros carregaram,
Sendo ela pequenina.
–Se tu a visses hoje
Tu a conhecerias?
"Pelo sinal que tinha
Só assim a conhecia."
– Que tinha um lírio roxo
Que todo peito cobria!
"Pelo sinal que me dais,
Bem parece mana minha."
– Vem cá, vem cá, minha moura;

Cantos populares do Brasil

Que te dizes tua cativa.
"Eu já estou bem agastada,
E já me vou arrojar.
Tu mandaste lá buscar,
O teu cunhado matar."
– Se eu matei meu cunhado,
Outro melhor te ei de dar.
– Farei tua irmã senhora
Da minha monarquia!
"Eu não quero ser senhora
Da tua monarquia,
Quero ir para a minha terra
Onde eu assistia."
– Aprontai, aprontai a nau,
Mais depressa em demasia,
Para levar Lixandria
Ela e sua filhinha.
"Adeus, adeus, Flores Bela!
Vai-te embora Lixandria.
E daí lá muitas lembranças
À nossa parentaria;
Que eu fico como moura
Entre tantas mourarias."

24
A Lima
(Sergipe)

A lima que você mandou
No meu peito se acabou;
Quando a lima era tão doce,

SÍLVIO ROMERO

Quanto mais quem a mandou!
Você manda e eu recebo,
Vidinha, por derradeiro
Um cravo que eu achei
Aberto no seu craveiro.
Não será de cheiro igual
A lima que me mandou?
As casquinhas eu guardei
Até sua vista primeira.
Quem no seu jardim plantou
Tão rico pé de limeira,
Que de doce já enfara,
Que para mim só se compara
A um beijo de sua boca?
Só um caroço não tinha...
Pago bem a quem me trouxe,
Que o cheiro não se acabou;
Certo é que muito cheira
A lima que me mandou.
Pegue na sua liminha
Enterre lá no jardim;
Que lima para cheirar
Nunca vi coisinha assim...
A lima verde é cheirosa!...
Deixa-me, fruta amorosa,
O teu pé é o espinheiro?
Pois me chamam derroteiro
No centro dos namorados...
Lima verde tem bom cheiro;
O amor não é por dinheiro;
Mas para onde ele pendeu...

25
O Jenipapo
[Sergipe]

– Meu jenipapo doce,
Alivio de toda a tarde,
Bem poderá me levar
Para alívio de meus males.
"Fique-se com Deus, meu bem,
Meu jenipapo gostoso;
Que no tempo que eu lhe amava,
Por você me desvelava,
É porque sempre cuidava
Que você firme seria;
Mas já que chegou o dia
De você de mim se esquecer,
Procurando a quem foi seu,
Pode viver na certeza
Que para mim você morreu."

26
Senhor Pereira de Moraes
[Sergipe e Rio de Janeiro]

Onde vai, senhor Pereira de Moraes?
Você vai, não vem cá mais;
As mulatinhas ficam dando ais,
Falando baixo,
Para meter palavreados…
Que dele pente

Para abrir liberdade?[20]
Que dele peru azul?
Que dela banha do teiú?[21]
Dois amantes vão dizendo
"Venda a roupa e fique nu..."
Mulatinhas renegadas,
Mais as suas camaradas,
Me comeram o dinheiro,
Me deixaram esmolambado;
Ajuntaram-se elas todas
Me fizeram galhofadas...
Ora, meu Deus,
Ora, meu Deus,
Estas mulatinhas
São pecados meus...

27
A Mutuca
(Sergipe)

Hoje eu fui por um caminho
E topei um gavião
Com a mutuca no chapéu,
Muriçoca no calção.
Encontrei um percevejo
Montado em um caranguejo,
Caranguejo de barrete,

---

[20] Chama-se assim o repartimento do cabelo pelo meio da cabeça, *a entrada real*, como dizem.
[21] P. toguixin.

Cantos populares do Brasil

Muriçoca de balão.
Homem velho sem ceroulas
Não se trepe em bananeira;
Mulher velha alcoviteira,
Toda gosta de função.
Arrepia sapucaia,
Samambaia;
Manoel Pereira
Macaxeira,
Manipeira.[22]
O teu pai era ferreiro,
O meu não era;
Tua mãe toca foles,
Meu amor,
Para tocar alvorada
Na porta do trovador.

. . . .

. . . .

28
Redondo, sinhá
(Sergipe)

Oh! Sinhá, minha sinhá,
Oh! Sinhá de meu abrigo,
Estou cantando o meu redondo,
Ninguém se importe comigo.
Redondo, sinhá.

---

[22] Macaxeira é o aipim, *Manihot-aypi;* a manipeira é o caldo da mandioca depois de extraída dele a tapioca ou o polvilho.

Certa velha intentou
Urinar em uma ladeira,
Encheu rios e riachos,
E a lagoa da Ribeira.
        Redondo, sinhá.
E sete engenhos moeram,
Sete frades se afogaram,
E a maldita desta velha
Ainda diz que não mijou…
        Redondo, sinhá.
Este velha intentou
Vestir pano de fustão,
Precisou quinhentos côvados
Para fazer um cabeção.
        Redondo, sinhá.
Depois do pano cortado
Não saiu de seu agrado;
Precisou de outros quinhentos
Para fazer os quadrados.[23]
        Redondo, sinhá.
Esta velha intentou
Tirar um dente queixal,
Procurou quinhentos bois
E com cordas de laçar.
        Redondo, sinhá.
Não sou pinto de vintém,
Não sou frango de tostão;
A maldita desta velha
Quer fazer de mim capão.
        Redondo, sinhá.

---

[23] Partes da camisa da mulher que ficam sob os braços, opõem-se às ombreiras.

Eu caso contigo, velha,
Há de ser com condição
De eu dormir na boa cama,
E tu, velha, no fogão.
Redondo, sinhá.
Eu casei contigo, velha,
Para livrar da filharada...
Quando entrou em nove meses
Pariu cem de uma ninhada!
Redondo, sinhá.
Trinta e um meio de sola
Na praça se rematou,
Para fazer seu sapatinho...
Assim mesmo não chegou.
Redondo, sinhá.
A velha quando morreu,
Eu mandei-a enterrar;
Como não coube na terra
Mandei-a lançar no mar.
Redondo, sinhá.

29
Ah! Redondo, sinhá!
(Rio de Janeiro)

Ah! redondo, sinhá,
Senhora de meu favor,
Estou cantando o meu redondo,
Que me importa, meu amor?
Redondo, sinhá.

O cabelo desta velha,
É caso de admirar;
Um fio de seu cabelo
Da prima para tocar...
                    Redondo, sinhá.
Esta velha já mijou
Lá detrás de uma gamboa;
Alagou uma canoa,
Isto é coisa boa...
                    Redondo, sinhá.
O dentinho desta velha,
É caso de admirar,
Uma junta de bois
Não arredou do lugar...
                    Redondo, sinhá.

30
Manoel do Ó Bernardo
(Ceará)

Indo eu para a novena
Na vila da Floresta,
O major Antônio Lucas
Convidou-me para a festa.
"Seu major Antônio Lucas,
Como é que eu hei de ir?
Quem anda por terra alheia
Não tem roupa para vestir."
– Dou-te cavalo de sela,
E roupa para te vestir,
Dinheiro para comeres,

Escravo para te servir.
Estava jantando em casa
Um dia bem descansado,
Quando dei fé que chegava
Um cavalo fino selado:
"Seu major manda dizer
Que é já tempo do chamado!"
Quando saí de casa
Logo peguei a encontrar,
Era homens e mulheres...
– Vai cantar com Rio-Preto?
É melhor que não vá lá!...
Porque se importa esta gente
Da desgraça que cometo?
Hão de ter logo notícia
Que fim levou Rio-Preto.
Quando ganhei lá por dentro
Naquele campo mais largo,
O povo que eu encontrava
De mim ficava pasmado:
"Queira Deus este não seja
Manoel do Ó Bernardo!"
Distante bem quinze léguas
De mim tiveram notícias:
Ao major Antônio Lucas
Foram pedir as alviças.
Era gente para me ver
Como a doutor na justiça,
E o povo de Rio-Preto
Era urubu na carniça.
Seu major Antônio Lucas,
Quando ele me enxergou,

SÍLVIO ROMERO

Botou óculos de alcance:
"Lá vem o meu cantador!"
Quando fui chegando em casa,
Na entrada do terreiro,
Antes de lhe dizer adeus,
Deu-me um abraço primeiro:
– Ora vem cá, ó Bernardo,
Filho de Deus verdadeiro.
"Seu major Antônio Lucas,
Me mande dar de cear;
Quero ver se Rio-Preto
Ainda é forte no lugar."
Ele puxou pelo braço
E mandou botar a ceia;
Eu fiquei agradecido,
Pois estava em terra alheia.
Ao levantar a toalha,
Pus as mãos para rezar,
Quando chegou um aviso
Que já vinham me chamar.
Eu saí logo à fresca,
Rio-Preto me falou.
Não te afastes, Rio-Preto,
A resposta já te dou.
– Manoel do Ó Bernardo,
Olha que já estou previsto,
Segura o botão da calça,
Aqui tens homem na vista.
"Rio Preto, tu vigias,
Olha que bom não sou, não,
Aperta o botão da calça,
Segura o cós do calção."

Cantos populares do Brasil

– A onça não faz carniça
Que não lhe coma a cabeça,
Nunca vi a cantador
Que por fora não conheça.
"Após manda fazer uma
Com seis braças de fundura;
Como é bicho de represa,
Tanto lava como fura.
Quando vim da minha terra
Trouxe ferro cavador
Para tapar Rio-Preto,
Deixá-lo sem sangrador."
– Se tapares o meu rio,
Não tapas o meu riacho,
Que eu represo nove léguas,
Botando a parede abaixo.
"Rio-Preto, se tu vires
Eu passear em gangorras,
Se tu vires, não te assustes,
Se te assustares, não corras;
Se correres, não te assombres;
Se te assombrares, não morras.
Rio-Preto, não me vexo
Para subir a ladeira,
Subo de cócoras e de banda,
Subo de toda a maneira;
Até mostro preferência
Em subi-la na carreira."
– Manoel do Ó Bernardo,
Olha, já me vou daqui;
Já estou certificado
Que tens o major por ti.

SÍLVIO ROMERO

"O fama do Rio-Preto,
Um cabra tão cantador,
Descobriu por boca própria
Que era atraiçoador."
– Manoel do Ó Bernardo,
Reza o ato de contrição,
Que viemos te matar,
Não ficas mais vivo, não.
A madrinha da noiva
Foi quem te mandou matar,
Para de outra donzela
Te não ires mais gabar.
"A madrinha do noivado,
Por ser moça de ação,
Por um elogio tirado
Deu-me a mim um patacão;
Deu quatro para o meu bolso,
E quatro para minha mão."
– Nós viemos te matar,
Ganhando trinta mil réis,
Mas por causa do despacho
Cada um te damos dez.

31
A Moura
(Pernambuco)

Estava a moura
Em seu lugar,
Foi a mosca
Lhe fazer mal;

CANTOS POPULARES DO BRASIL

A mosca na moura,
A moura fiava;
Coitada da moura,
Que tudo a ia
Inquietar!

Estava a mosca
Em seu lugar,
Foi a aranha
Lhe fazer mal;
A aranha na mosca,
A mosca na moura,
A moura fiava;
Coitada da moura,
Que tudo a ia
Inquietar!

Estava a aranha
Em seu lugar,
Foi o rato
Lhe fazer mal;
O rato na aranha,
A aranha na mosca,
A mosca na moura,
A moura fiava;
Coitada da moura,
Que tudo a ia
Inquietar!

Estava o rato
Em seu lugar,
Foi o gato

SÍLVIO ROMERO

Lhe fazer mal;
O gato no rato,
O rato na aranha,
A aranha na mosca,
A mosca na moura,
A moura fiava;
Coitada da moura,
Que tudo a ia
Inquietar!

Estava o gato
Em seu lugar,
Foi o cachorro
Lhe fazer mal;
O cachorro no gato,
O gato no rato,
O rato na aranha,
A aranha na mosca,
A mosca na moura,
A moura fiava;
Coitada da moura,
Que tudo a ia
Inquietar!

Estava o cachorro
Em seu lugar,
Foi o pau
Lhe fazer mal;
O pau no cachorro,
O cachorro no gato,
O gato no rato,
O rato na aranha,

CANTOS POPULARES DO BRASIL

A aranha na mosca,
A mosca na moura,
A moura fiava;
Coitada da moura,
Que tudo a ia
Inquietar!

Estava o pau
No seu lugar,
Foi o fogo
Lhe fazer mal;
O fogo no pau,
O pau no cachorro,
O cachorro no gato,
O gato no rato,
O rato na aranha,
A aranha na mosca,
A mosca na moura,
A moura fiava;
Coitada da moura,
Que tudo a ia
Inquietar!

Estava o fogo
Em seu lugar,
Foi a água
Lhe fazer mal;
A água no fogo,
O fogo no pau,
O pau no cachorro,
O cachorro no gato,
O gato no rato,

SÍLVIO ROMERO

O rato na aranha,
A aranha na mosca,
A mosca na moura,
A moura fiava;
Coitada da moura,
Que tudo a ia
Inquietar!

Estava a água
Em seu lugar,
Foi o boi
Lhe fazer mal;
O boi na água,
A água no fogo,
O fogo no pau,
O pau no cachorro,
O cachorro no gato,
O gato no rato,
O rato na aranha,
A aranha na mosca,
A mosca na moura,
A moura fiava;
Coitada da moura,
Que tudo a ia
Inquietar!

Estava o boi
Em seu lugar,
Foi a faca
Lhe fazer mal;
A faca no boi.
O boi na água,

Cantos populares do Brasil

A água no fogo,
O fogo no pau,
O pau no cachorro,
O cachorro no gato,
O gato no rato,
O rato na aranha,
A aranha na mosca,
A mosca na moura,
A moura fiava;
Coitada da moura,
Que tudo a ia
Inquietar!

Estava a faca
Em seu lugar,
Foi o homem
Lhe fazer mal;
O homem na faca,
A faca no boi,
O boi na água,
A água no fogo,
O fogo no pau,
O pau no cachorro,
O cachorro no gato,
O gato no rato,
O rato na aranha,
A aranha na mosca,
A mosca na moura,
A moura fiava;
Coitada da moura,
Que tudo a ia
Inquietar!

Estava o homem
Em seu lugar,
Foi a morte
Lhe fazer mal;
A morte no homem,
O homem na faca,
A faca no boi,
O boi na água,
A água no fogo,
O fogo no pau,
O pau no cachorro,
O cachorro no gato,
O gato no rato,
O rato na aranha,
A aranha na mosca,
A mosca na moura,
A moura fiava;
Coitada da moura,
Que tudo a ia
Inquietar!

32
A Ribeira Velha
(Sergipe)

Ribeira Velha,
Porto de mar,
Aonde as barquinhas
Vão calafetar...
Peguem na ferragem,
Lancem lá no mar
Para fazer uma nau,

CANTOS POPULARES DO BRASIL

Uma nau bem galante,
Para navegar
Pelas partes da índia...
Aquele menino
É da banda miúda.
Cambrainhas finas
Não são para você;
Para gente, sinhá,
Que me faz à mercê,
Que deita na cama,
Não tem que dizer.
Felix do Retiro[24]
Mandou-me chamar,
Eu mandei dizer
Que não ia lá...
Arengas com frade
Não quero tomar.
Conversas de dia
Acabam de noite
Em prantos de choros
De Manoel João,
Que anda na rua
Com seu pé no chão,
Balindo com mulatinhas,
Balindo com crioulinhas.
Lá no Mundo Novo
Tem uma casinha;
Dentro dela mora
Certa mulatinha.
....
....

---

[24] O Retiro é um lugar perto da Villa do Lagarto, em Sergipe.

33
O Jaburu
(Sergipe)

Quando eu vim do Jaburu
Fui à noite passear,
Encontrei com cirisinho
Carregado de araçá;
E falei para comprar
Para dar à mãe Tereza.
Como foi maracareza
Engordar o meu vintém...
As meninas do Bugio
Não comem senão feijão?
Meus senhores e senhoras,
Desculpai a minha ação.
. . . .
. . . .

34
A Mulatinha
(Sergipe)

– Estava de noite
Na porta da rua,
Aproveitando a fresca
Da noite de lua.
Quando vi passar
Certa mulatinha,
Camisa gomada,

CANTOS POPULARES DO BRASIL

Cabelo entrançadinho.
Peguei o capote,
Saí atrás dela,
No virar do beco
Encontrei com ela.
Ela foi dizendo:
"Senhor, o que quer?
Eu já não posso
Estar mais em pé."

Olhei-lhe para as orelhas,
Vi-lhe uns brincos finos,
Na réstea da lua
Estavam reluzindo.
Olhei para o pescoço,
Vi um belo colar;
Estava a mulatinha
Boa de se amar.
Olhei-lhe para os olhos,
Vi bem foi ramela;
De cada um torno
Bem dava uma vela.
Olhei-lhe para a cara,
Não lhe vi nariz;
No meio do rosto
Tinha um chafariz.
Olhei-lhe para a boca
Não lhe vi um só dente;
Parecia o diabo
Em figura de gente.
Olhei-lhe para os peitos,

Eram de marmota;
Pareciam bem
Peitos de uma porca.
Olhei-lhe para as pernas,
Eram de vaqueta;
Comidas de lepra,
E cheias de greta.
Olhei-lhe para os pés,
Benzi-me de medo;
Tinha cem bichos
Em cada um dedo.

35
Os cocos de cordão
(Sergipe)

A minha mana Luiza
É moça de opinião;
Passou a mão na tesoura,
Deu com o coco no chão.

Sete canadas de azeite,
Banha de camaleão
É pouco para fazer banha
Para estes cocos de cordão.

O sebo está muito caro,
Está valendo um dinheirão;
Quero ver com que se acocham
Estes cocos de cordão.

CANTOS POPULARES DO BRASIL

Os caixeiros da Estância[25]
Levam grande repelão,
Para não venderem sebo
Para estes cocos de cordão.

Deus permita que não chova,
Para não haver algodão;
Quero ver com que se amarram
Estes cocos de cordão.

Na fonte da gameleira
Não se lava com sabão;
Se lavam com folhas verdes
Estes cocos de cordão.

As negras de tabuleiro
Não comem mais carne, não;
Só comem sebo de tripa
Destes cocos de cordão.

O moço que é brasileiro,
Que conserva opinião,
Não deita na sua rede
Destes cocos de cordão.

Ajuntem-se as moças todas
Em redor deste pilão,
Que é para piarem o sebo
Para estes cocos de cordão.

---

[25] Cidade de Sergipe.

SÍLVIO ROMERO

Ajuntem-se as velhas todas
Em roda do violão,
Que é para dançarem o samba[26]
Destes cocos de cordão.

36
A Moqueca
(Sergipe e Bahia)

Minha moqueca está feita,
Meu bem;
Vamos nós todos jantar:
Bravos os dengos
Da minha iaiá;
Moqueca de coco,
Molho de fubá;
Tudo bem feitinho
Por mão de iaiá;
Tudo mexidinho
Por mão de sinhá!...
Qual será o ladrão
Que não gostará?!...
Qual será o demônio
Que não comerá?!...

Ela tem todos temperos,
Meu bem;
Só falta azeite dendê;
Bravos os dengos
Da minha iaiá;

---

[26] Dança popular; sinônimo de *chiba, cateretê, baiano, fandango, candomblé,* etc.

Moqueca de coco,
Molho de fubá, etc.

Ela tem todos temperos,
Meu bem;
O que lhe falta é limão:
Bravos os dengos
Da minha iaiá;
Moqueca de coco,
Molho de fubá,
Tudo bem feitinho
Por mão de iaiá, etc.

37
O ladrão do Padrezinho
(Sergipe)

O ladrão do padrezinho
Deu agora em namorador;
Padre, você vá-se embora,
Que eu não quero o seu amor.
– O amor não é seu
É de Raphael;
Raphael quando for
É de quem quiser...
Vou criar as minhas raivas
Com meus calundus,[27]
Para fazer as coisinhas
Que eu bem quiser...

---

[27] Zangas, aborrecimentos, efeitos do *flato,* como dizem.

SÍLVIO ROMERO

Ai! me largue o babado!
Ai! me largue, diacho![28]
Que diacho de padre,
Ai, meu Deus!
Que diacho de padre,
Meu Santo Antônio!...

O padre já estava orando,
Quando a mulata chegou;
Veio dizer lá de dentro:
– Eu sou seu venerador:
O amor não é seu,
É de Raphael;
Raphael quando for, etc.

O padre foi dizer missa
Lá na torre de Belém;
Em vez de dizer: Oremos,
Chamou Maricás – Meu bem!...
O amor não é seu,
É de Raphael,
Raphael quando for, etc.

Eu perguntei ao padre:
Porque deu em meu irmão?
– Com saudades das morenas,
Não quero ser padre, não.
O amor não é seu,
É de Raphael,
Raphael quando for, etc.

---

[28] Transformação de diabo.

Cantos populares do Brasil

38
Quero bem à mulatinha
(Sergipe)

Quero bem à mulatinha
Por ser muito de meu gosto;
Se os parentes se anojarem,
Um valente topa outro.
Pelo feixe da espingarda,
Pelo cano que ela tem,
Pelo fio de minha espada
Que não enjeito a ninguém.
Se puxar por minha espada
Na beirinha da lagoa,
Se acaso fico perdido,
Seja por coisinha boa.
Rompo chuvas e trovões,
Coriscos, e criminoso
Ando no mundo, queixoso
Sem de mim se falar nada!...
Hei de amar a mulatinha
Pelo feixe da espingarda.

Viva Santa Anna e Maria,
E São Joaquim neste dia;
Deus quando subiu para guia
Deixou por valimento
O testemunho da gente.
Para amparo dos cristãos
Viva Santa Anna e Maria.

39
Chula
(Pernambuco)

Eu nasci dentro da lima,
Do caroço fiz encosto;
Ai, amor!
Quem geme
É que sente a dor...
Ai, meu bem,
Divirta-se e passe bem!
Ai, minha vida,
Minha saia,
Minha joia,
Minha pitingoia!
Ai, amor!
Quem geme
É que sente a dor...
Ai, meu bem,
Divirta-se, e passe bem!

40
Fragmento do Cabeleira
(Estrofes coletadas em Pernambuco pelo senhor Franklin Tavora)

– Fecha a porta, gente,
Cabeleira aí vem,
Matando mulheres,
Meninos também.
Corram, minha gente,
Cabeleira aí vem,

CANTOS POPULARES DO BRASIL

Ele não vem só,
Vem meu pai também.
Meu pai me pediu
Por sua bênção
Que eu não fosse mole,
Fosse valentão.
Lá na minha terra,
Lá em Santo Antão,
Encontrei um homem
Feito um guaribão,
Pus-lhe o bacamarte,
Foi pá, pi, no chão.
Minha mãe me deu
Contas para rezar,
Meu pai deu-me faca
Para eu matar.
Quem tiver seus filhos
Saiba-os ensinar;
Vejo o Cabeleira
Que vai a enforcar.

. . . .

Meu pai me chamou:
– Zé Gomes, vem cá;
Como tens passado
No canavial?
Mortinho de fome,
Sequinho de sede,
Só me sustentava
Em caninhas verdes.
– Vem cá, José Gomes,
Anda-me contar
Como te prenderam

95

No canavial?
Eu me vi cercado
De cabos, tenentes,
Cada pé de cana
Era um pé de gente.

41
O Rabicho da Geralda
(Coletado pelo senhor José de Alencar, no Ceará)

I

Eu fui o liso Rabicho,
Boi de fama conhecido;
Nunca houve neste mundo
Outro boi tão destemido.
Minha fama era tão grande
Que enchia todo o sertão,
Vinham de longe vaqueiros
Para me botarem no chão.
Ainda eu era bezerro
Quando fugi do curral
E ganhei o mundo grande
Correndo no bamburral.
Onze anos eu andei
Pelas catingas fugido;
Minha senhora Geralda
Já me tinha por perdido.
Morava em cima da serra
Onde ninguém me avistava,
Só sabiam que era vivo

CANTOS POPULARES DO BRASIL

Pelo rasto que eu deixava.
Saí um dia a pastar
Pela malhada do Cristo,
Onde por minha desgraça
De um caboclinho fui visto.
Partiu ele de carreira
E foi por ali aos topes
Dar novas de me ter visto
Ao vaqueiro José Lopes.
José Lopes que isso ouviu,
Foi gritando ao filho João:
– Vai-me ver o Barbadinho,
E o cavalo Tropelão.
Dá um pulo no compadre,
Que venha com o seu ferrão,
Para irmos ao Rabicho,
Que há de ser um carreirão.

Foi montando o José Lopes
E deu linha ao Barbadinho,
Tirando inculcas de mim
Pela gente do caminho.
Encontrou Tomé da Silva
Que era velho topador:
– Dá-me novas do Rabicho
Da Geralda, meu senhor?
– Homem, eu não o vi;
Se o visse, do mesmo jeito
Ia andando o meu caminho
Que era lida sem proveito.
– Pois então saiba o senhor,
A coisa foi conversada,

SÍLVIO ROMERO

A minha ama já me disse
Que desse boi não quer nada.
Uma banda e mais o couro
Ficará para o mortório,
A outra será para missas
Às almas do purgatório.

Despediu-se o José Lopes
E meteu-se em um carrasco;
Dando num rasto de boi
Conheceu logo o meu casco.
Todos três muito contentes
Trataram de me seguir,
Consumiram todo o dia,
E a noite foram dormir.
No fim de uma semana
Voltaram mortos de fome,
Dizendo: "O bicho, senhores,
Não é boi; é lobisomem."

II

Outro dia que eu malhei
Perto de uma ribanceira,
Ao longe vi o Cherem
Com seu amigo Moreira.
Arranquei logo dali
Em procura de um fechado;
Juntou atrás o Moreira
Correndo como um danado.
Mas logo adiante esbarrei

Escutando um zoadão;
Moreira se despenhou
No fundo de um barrocão:

Corre, corre, boi malvado,
Não quero saber de ti,
Já me basta a minha faca
E a espora que perdi.

Alevantou-se o Moreira
Juntando todo o seu trem,
E gritou que lhe acudisse
Ao seu amigo Cherem.
Corre a ele o Cherem
Com muita resolução:
– Não se engane, sô Moreira,
Que o Rabicho é tormentão.
"Ora deixe-me, Cherem;
Vou mais quente que uma brasa.
Seguiram pela vereda
E lá foram ter a casa.

III

Resolveram-se a chamar
De Pajeú um vaqueiro;
Dentre todos que lá tinha
Era o maior catingueiro.
Chamava-se Ignacio Gomes,
Era um cabra coriboca,
De nariz achamurrado,

SÍLVIO ROMERO

Tinha cara de pipoca.
Antes que de lá saísse
Amolou o seu ferrão:
"Onde encontrar o Rabicho
De um tope o boto no chão.

Quando esse cabra chegou
Na fazenda da Gruixaba,
Foi todo o mundo dizendo:
Agora o Rabicho acaba.
"Senhores, eu aqui estou,
Mas não conheço dos pastos:
Só quero me deem um guia
Que venha mostrar-me os rastos.
Que eu não preciso de o ver
Para pegar o seu boi;
Basta-me só ver-lhe o rasto
De três dias que se foi."

IV

De manhã logo muito cedo
Fui à malhada do Chisto,
Em antes que visse o cabra
Já ele me tinha visto.
Encontrei-me cara a cara
Com o cabra topetudo;
Não sei como nesse dia
Ali não se acabou tudo.
Foi uma carreira feia
Para a Serra da Chapada,

CANTOS POPULARES DO BRASIL

Quando eu cuidei, era tarde,
Tinha o cabra na rabada.
"Corra, corra, camarada,
Puxe bem pela memória;
Quando eu vim da minha terra
Não foi para contar história."

Tinha adiante um pau caído
Na descida de um riacho;
O cabra saltou por cima,
O ruço passou por baixo.
"Puxe bem pela memória,
Corra, corra, camarada;
Quando eu vim de minha terra
Não vim cá dar barrigada."
O guia da contrabanda
Ia gritando também:
"Veja que eu não sou Moreira,
Nem seu amigo Cherem."

Apertei mais a carreira,
Fui passar no boqueirão.
O ruço rolou no fundo,
O cabra pulou no chão.
Nesta passagem dei linha,
Descansei meu coração,
Que não era desta feita
Que o Rabicho ia ao moirão.

O cabra desfigurado
Lá foi ter ao carrapicho:
– Seja bem aparecido,

Dá-me novas do Rabicho?
"Senhores, o boi eu vi,
O mesmo foi que não ver,
Pois como este excomungado
Nunca vi um boi correr."
Tornou-lhe o Góes neste tom:
– Desengane-se com o bicho;
Pelos olhos se conhece
Quem dá volta no Rabicho.
Esse boi, é escusado,
Não há quem lhe tire o fel;
Ou ele morre de velho,
Ou de cobra cascavel.

V

Veio aquela grande seca
De todos tão conhecida;
E logo vi que era o caso
De despedir-me da vida.
Secaram-se os olhos da água
Onde eu sempre ia beber,
Botei-me no mundo grande,
Logo disposto a morrer.
Segui por uma vereda
Até dar em um cacimbão,
Matei a sede que tinha,
Refresquei o coração.
Quando quis tomar assunto
Tinham fechado a porteira;

CANTOS POPULARES DO BRASIL

Achei-me em uma gangorra
Onde não vale carreira.
Corrigi os quatro cantos;
Tornei a voltar atrás,
Mas toda a minha derrota
Foi o diabo do rapaz.

Correu logo para casa
E gritou aforçurado:
"Gentes, venham depressa
Que o Rabicho está pegado."
Trouxeram três bacamartes,
Cada qual mais desalmado;
Os três tiros que me deram
De todos fui trespassado.
Só assim saltaram dentro,
Eram vinte para me matar,
Sete nos pés, dez nos chifres,
E mais três para me sangrar.
Disse então o José Lopes
Ao compadre da Mafalda:
"Só assim nós comeríamos
Do Rabicho da Geralda."

VI

Acabou-se o boi de fama,
O corredor famanaz,
Outro boi como o Rabicho
Não haverá nunca mais.

42
O *Boi-Espacio*
(Sergipe)

Eu tinha meu *Boi-Espacio*,[29]
Que era meu boi corteleiro,[30]
Que comia em três sertão,[31]
Bebia na cajazeira,[32]
Malhava[33] lá no oiteiro,
Descansava em Riachão.[34]
Eu tinha meu *Boi-Espacio*,
Meu boi preto caraúna;
Por ter a ponta muito fina,
Sempre fui, botei-lhe a unha.
Estava na minha casa,
Na minha porta, assentado;
Chegou seu Antônio Ferreira,[35]
Montado no seu rução,
Com o irmão de Damião,
Montado no seu lazão,[36]
Dizendo de coração:
– Botai-me este boi no chão.
Gritei pelo meu cachorro,
Meu cachorro Tubarão:
"Agora, meu boi, agora,

---

[29] Boi de pontas largas.

[30] Boi manso, que vem sempre ao curral, por oposição ao boi barbatão, que é o amontado.

[31] O povo não guarda os plurais, quando assim o exige a rima.

[32] Lugar próximo à vila do Lagarto, em Sergipe.

[33] O povo ordinariamente diz: *maiára, maiadó, maiá*, em lugar de malhara, malhador, malhar.

[34] Vila da província de Sergipe.

[35] Antônio Ferreira, e Damião, vaqueiros celebres.

[36] Lazão por *alazão*.

CANTOS POPULARES DO BRASIL

Faz ato de contrição!
Eco, meu cachorro, eco!..."
No curral da Piedade
Eu dei com meu boi no chão.
Ao depois do boi no chão,
Chegou o moleque João,
Se arrastando pelo chão,
Fazendo as vezes de cão,[37]
Pedindo o sebo do boi
Para temperar seu feijão.
A morte deste meu boi
A todos fizera pena;
Ao depois deste boi morto,
Cabou-se[38] meu boi, morena.

No ano em que eu nasci,
No outro que me criei,
No outro que fui bezerro,
No outro que fui mamote,[39]
No outro que fui garrote,
No outro que me caparam
Andei bem perto da morte.
Minha mãe era uma vaca,
Vaquinha de opinião;
Ela tinha o ubre grande
Que arrastava pelo chão.
Minha mãe era uma vaca,
Vaquinha de opinião;
Enquanto fui barbatão

---

[37] O diabo, o demônio.
[38] Por *acabou-se.*
[39] Bezerro grande.

SÍLVIO ROMERO

Nunca entrei em curralão.
Estava no meu descanso
Debaixo da cajazeira,
Botei os olhos na estrada,
Lá vinha seu Antônio Ferreira...
Estando numa malhada
Já na sombra recolhido,
Logo que vi o Ferreira
Ali achei-me perdido.
Foi-me tudo ao contrário,
E sempre fui perseguido;
Já me conhecem o rasto,
O *Boi-Espacio* está perdido.
Não tem a culpa o Ferreira,
Que não me pôde avistar,
Foi o caboclo danado
Que parte de mim foi dar.
O seu Antônio Ferreira
Tem três cavalos danados:
O primeiro é o ruço,
O segundo é o lazão,
O terceiro é o Piaba...
Três cavalos endiabrados![40]
Mas eu não temo cavalo,
Que se chama o Deixa-fama;
Também não temo o vaqueiro
Que derrubei lá na lama.
Me meteram no curral,
Me trancaram de alçapão;
E bati em um canto e no outro,

---

[40] Por cavalos endiabrados; há muito disso nos cantos populares quando o exige o metro.

Cantos Populares do Brasil

Não pude sair mais não!
Adeus, fonte onde eu bebia,
Adeus, pasto onde comia,
Malhador onde eu malhava;
Adeus, ribeira corrente,
Adeus, caraíba verde,
Descanso de tanta gente!...

O couro do *Boi-Espacio*
Deu cem pares de surrão,
Para carregar farinha
Da praia de Maranhão.
O fato do *Boi-Espacio*
Cem pessoas a tratar,
Outras cem para virar...
O resto para urubusada.
O cebo do *Boi-Espacio*
Dele fizeram sabão
Para se lavar a roupa
Da gente lá do sertão.[41]
A língua do *Boi-Espacio*,
Dela fizeram fritada;
Comeu a cidade inteira,
Não foi mentira, nem nada.
Os miolos do *Boi-Espacio*,
Deles fez-se panelada;
Comeu a cidade inteira,
O resto para cachorrada.
Os cascos do *Boi-Espacio*,
Deles fizeram canoa,

---

[41] As rapsódias sergipanas tratam com certo desdém aos homens do sertão, a gente *lá de cima*, como chamam.

Para se passar Marotos[42]
Do Brasil para Lisboa.
Os chifres do *Boi-Espacio*,
Deles fizeram colher
Para temperar banquetes
Das moças de Patamuté.[43]
Os olhos do *Boi-Espacio*,
Deles fizeram botão
Para pregar nas casacas
Dos moços lá do sertão.
Costelas do *Boi-Espacio*,
Delas se fez cavador
Para se cavar cacimbas;
De duras não se quebrou.[44]
O sangue do *Boi-Espacio*
Era de tanta excepção
Que afogou a três vaqueiros,
Todos três de opinião.
Canelas do *Boi-Espacio*,
Delas se fizera mão
Para se pisar o milho
Da gente lá do sertão.
E da pá do *Boi-Espacio*,
Dela se fez tamborete
Para mandar de presente
A nosso amigo Cadete.
Do rabo do *Boi-Espacio*,
Dele fizeram bastão
Para as velhas lá de cima
Andar com ele na mão.

---

[42] Isso indica que essa parte, pelo menos, do *Boi-Espacio*, é contemporânea, senão posterior, às lutas da Independência.

[43] Sertão da província da Bahia.

[44] É o caso já notado.

CANTOS POPULARES DO BRASIL

43
O *Boi-Espacio*
(Variante do Ceará)

Foi garrote, foi capado
No curral da Piedade;
Nunca temeu a vaqueiro,
Nem a vara de ferrão,
Nem o mesmo José de Castro
No cavalo Riachão.
Do chifre do *Boi-Espacio*
Dele fez-se uma canoa,
Para embarcar a gente
Do Recife para Lisboa.
Dos olhos do *Boi-Espacio*
Deles fez-se uma vidraça
Para espiar as moças
Quando passeiam na praça.
Da cabeça do *Boi-Espacio*
Dela se fez um banqueiro
Para retalhar a carne
Da gente do Saboeiro.
O couro do *Boi-Espacio*,
Tirado por minha mão,
Deu trinta jogos de malas,
Nove pares de surrão.
A rabada do *Boi-Espacio*,
Tirada por minha mão,
Deu trinta laços de corda,
Nove pares de surrão.
A carne do *Boi-Espacio*

SÍLVIO ROMERO

Botada no estaleiro,
Comeram vinte famílias
De janeiro a janeiro.
O corredor do *Boi-Espacio*
Deu tamanha corredeira,
Que todo o povo do Crato
Ficou-se de caganeira.
As tripas do *Boi-Espacio*
Tiradas por minha mão,
Deu dez cargas de linguiça,
Onze arrobas de sabão.
Do debulho do *Boi-Espacio*
Dele se fez barrela,
Para se lavar a roupa
Da gente da Manoela.
Da unha do *Boi-Espacio*
Quatro obras se formou,
Uma jangada, uma lancha,
Um palácio e um vapor.
Das orelhas do *Boi-Espacio*
Quatro obras se formou,
Um abano, uma esteira,
Uma maca, um tambor.
Este meu *Boi-Espacio*
Morava em dois sertões,
Comia nos Cipoais,
Bebia nos Caldeirão.
Matei o meu *Boi-Espacio*
Em uma tarde serena,
Toda a gente da ribeira,
Que não chorou, teve pena.

CANTOS POPULARES DO BRASIL

44
A Vaca do Burel
(Pernambuco)

Na fazenda do Burel,
Nos verdes onde pastei,
Muitos vaqueiros de fama,
Nos carrascos[45] eu deixei.
O afamado Ventania,
Montado no Tempestade,
Foi quem primeiro espantou-me
Estando eu numa maiada[46].
Mais adiante encontrei
Com o vaqueiro João
No seu cavalo lazão,
Já vinha correndo em vão.
Logo me fiz ao carrasco,
Fui me abarbar com o Veloso;
No atravessar o riacho
Só lhe deixei o rasto
Por ser ele tão teimoso!
Ouvi grande tropelada
Que zunia no sertão;
Era o afamado Grinalda
Com o Ferreira Leão.
Que dois vaqueiros de fama
Encontrei no bebedor!...
Logo me fiz ao carrasco,
E eles mal me enxergou.

---

[45] *Carrasco*, mato ralo e baixo.
[46] Por *malhada*.

SÍLVIO ROMERO

Mais adiante ouço gritar:
– Nem do rasto dou notícia,
Em que carrasco se escondeu
A encantada lagartixa!?
Eu no tempo de bezerra
A muitos vaqueiros logrei;
Na fazenda fiz sueira[47],
Muitas porteiras pulei.
Abarbada me vejo
Com o vaqueiro Miguel,
No seu cavalo Festejo
Na fazenda do Burel.
Que dois vaqueiros temíveis,
João Bernardo e Miguel!…
Perto do curral os logrei,
Quase que os deixei de pé.

– Só se eu morrer amanhã,
Ou não me chamar Miguel,
Só assim deixas de entrar
No teu curral do Burel.
Eu te juro, lagartixa,
Que não me hás de escapar;
Nem que corras como vento
Tu hás de entrar no curral.
Corre, corre, lagartixa,
Quero ver a tua fama:
Que no curral do Burel
Quero fazer tua cama.
Toda a minha vontade

---

[47] Dar trabalho, fazer *suar*.

CANTOS POPULARES DO BRASIL

É no teu rasto acertar;
Tu verás como se tranca
A lagartixa no curral.
Cerca, Veloso, na grota,
Faz esteira no baixio;
Aperta para o meu lado,
Lá vem como um corrupio.
Oh! que vaquinha danada!
Ela não corre, ela voa...
Meu cavalo já cansou,
É que a coisa não está boa.
Tenho corrido muito gado,
Novilhote e barbatão,
Nos carrascos e restinga;
Agora fiquei logrado
No centro deste sertão.
Bota o cavalo, Veloso,
Quero ver como se espicha,
Se ainda torna a escapar
A malvada lagartixa.

Logo ao chegar ao riacho
A lagartixa os cegou;
Como a noite era escura
Miguel e Veloso voltou.
Encontram Miguel e Veloso
Com o tal do João Bernardo:
Pergunta pela lagartixa;
Responderam: – Estou logrado!
O João Bernardo e Miguel,
O Grinalda e o Leão,
Ventania e o Veloso

Tomaram para o boqueirão.[48]
Logo ao entrar a gurgeia
Encontram Pedro Preguiça,
E já lhe vão perguntando
Se não vira a lagartixa.

Encontrei numa maiada
Três rezes brancas, uma lavrada,
Três castanhas requeimadas,
E uma rouxinol disfarçada.
O sinal desta vaquinha?
– Cara branca punaré,[49]
Traz o ferro do Burel,
Não tem cauda, é coché.[50]
É cega, só tem um chifre,
Muito esperta e arisca;
São estes todos sinais
Da afamada lagartixa.
Ora se é esta a famanaz
Que tanto sussurro tem feito!
Para pegar esta vaquinha
É bastante o meu Mosquete.[51]
Ora, vamos todos sete
Lá mais perto da maiada;
Quando passei o campestre
Vi uma vez lá deitada.
Afrouxa a rédea, caboclo,
Encosta a espora, Preguiça,

---

[48] Baixa ou vale profundo.
[49] Branco amarelado.
[50] Manca.
[51] Cavalo pequeno e corredor.

CANTOS POPULARES DO BRASIL

Quero ver a tua fama
Com a tirana lagartixa.
Corre, corre, lagartixa,
Vai tomando mais alento;
Que o meu rucilho não corre,
Já me voa como vento.
Todo o gado adiante corre,
Não a quero perder de vista;
Hei de mostrar meu talento
À vaqueirada de crista.
João Bernardo não sabe
Que meu cavalo é de cobiça;
Como eu posso ser logrado
Por esta pobre lagartixa?
– Aqui mesmo no carrasco
Muitas famas tem ficado;
No atravessar o riacho
Hás de ficar arriado.
Não hás de ter o prazer
De entrar eu na Boa Vista
Com peia e laço e canzil
Só pelo Pedro Preguiça.
Não há vaqueiro de fama
Que do carrasco me tire,
Nem que deixe sua trama,
De dentro para fora se vire.

Mais adiante da maiada
Perdeu o Pedro Preguiça
Chapéu, espora e chicote
No rasto da lagartixa.

SÍLVIO ROMERO

Antes de o sol sair
Vou te esperar na maité;
Hás de entrar com o laço
Na fazenda do Burel.
– No riacho da Alegria
Foi a minha perdição,
Quando vi o Ventania
Mais o Ferreira Leão.
Os destemidos vaqueiros,
Veloso e o tal Grinalda,
Bem montado às estribeiras
Traziam sua guilhada.
Grita o Ferreira Leão,
Logo respondeu o Grinalda:

– Se não podem botar no chão,
Eu meto a minha guilhada.
Já respondeu o Veloso:
"O Ventania é cabra zarro,
Bate com o chapéu na perna,
Bota no chão, que eu amarro.
O Ventania é decidido,
Passou transes nos carrascos;
Mostrou sempre à lagartixa
Que ele é cabra macho."

Desde que eu sou nascida
Nunca contei com vaqueiro;
Pode contar gravidade
O Ventania o primeiro.
Adeus, fazenda, adeus, pasto,
Adeus, maiada e bebedor,

Cantos populares do Brasil

Adeus, restinga e carrasco,
Serrote do Logrador.[52]
Adeus, vazante de baixo,
Adeus, serra do Coité,
Acabou-se a famanaz
Da fazenda do Burel.

45
A B C do Lavrador
(Ceará)

Agora quero tratar,
Segundo tenho patente,
A vida de lavrador
No passado e no presente.

Bem queria ter ciência,
Dizer por linhas direitas,
Para agora explicar
Uma ideia bem perfeita.

Cuidados tenho de noite,
De madrugada levanto,
De manhã vou para a roça,
A correr todos os cantos.

Domingos e dias santos
Todos vão espairecer,
Eu me acho tão moído,
Que não me posso mexer.

---

[52] Lugar fresco e reservado para se botar o gado em certas épocas do ano.

SÍLVIO ROMERO

Estando desta sorte
Não é possível calçar,
Os pés inchados de espinhos,
E de todo o dia andar.

Feliz de quem não tem
Esta vida laboriosa,
Não vive tão fatigado,
Como eu me acho agora.

Grande tristeza padece
Todo aquele lavrador,
Quando perde o legume todo
Porque o inverno escasseou.

É possível aturar
Até a idade de cinquenta,
Quando se chega aos quarenta,
Já parece ter oitenta.

Lavradores briosos
Consideram no futuro,
Não tomam dinheiro sem ver
Os seus legumes seguros.

Muitos não têm recursos,
Não sabem o que hão de fazer,
Não temem a percentagem,
Querem achar quem dê.

Não queira ser lavrador
Quem tiver outra profissão,
É a vida mais amarga
Deus deixou aos filhos de Adão.

CANTOS POPULARES DO BRASIL

Pois quando se colhe
Os legumes de um ano,
Ainda se não acaba,
Nova roça começando.

Quase sempre os lavradores
De cana, café, cacau,
Tem feitores de campo
Para não passar tão mal.

Razão eles têm
Para ter contentamento,
Quem trabalha no campo
É quem padece o tormento.

Souberam as câmaras criar
Ministros para proteger,
Nesta terra não tem um banco
A ela possa favorecer.

Terra pobre como esta
Ninguém pode dar impulso,
Sem banco, sem proteção,
Fora de todo o recurso!

Vive sempre isolado
Metido nas espessuras
Com a memória no passado,
O futuro sem venturas.

Choram todos a sua sorte,
Faz pena ver os lamentos,
De pedir dinheiro a rebate,
Por não acharem por centos.

SÍLVIO ROMERO

Zombem, façam caçoada
Da vida do lavrador,
Considerem no futuro,
A sorte a Parca cortou.

O til por ser do fim,
Sempre dá uma esperança,
Na consolação dos afetos,
Até chegar a bonança.

46
A B C do Vaqueiro em tempo de seca
(Coletado por Araripe Junior, no Ceará)

Agora triste começo
A manifestar o meu fado,
Os meus grandes aveixames,
A vida de um desgraçado.

Bem queria nunca ser
Vaqueiro neste sertão,
Para fim de não me ver
Em tamanha confusão.

Com cuidado levo o dia
E a noite a imaginar,
De manhã tirar o leite,
Ir ao campo campear.

Domingos e dias santos
Sempre tenho que fazer,
Ou bezerros com bicheira,
Ou cavalos para ir ver.

CANTOS POPULARES DO BRASIL

Enquanto Deus não dá chuva
Logo tudo desanima,
Somente modo o trabalho
Das malvadas das cacimbas.

Façam a todo o vaqueiro
Viver aqui sobre si,
Que entrando nesta vida
Diga: – Já me arrependi!

Grande é a tirania
De um dono de fazenda,
Que de pobre de um vaqueiro
Não tem compaixão nem pena.

Homem que tiver vergonha
Vaqueiro não queira ser,
Que as fazendas de agora
Nem dão bem para comer.

E no tempo que nós estamos
Ninguém tem opinião;
Para um dono de fazenda
Todo vaqueiro é ladrão.

Labora um pobre vaqueiro
Em tormentos tão compridos,
Quando é no remate de contas
Sempre é mal correspondido.

Mandam como a seu negro,
Uns tantos já se matando;
Ainda bem não tem chegado,
Já seus donos estão ralhando.

SÍLVIO ROMERO

Não posso com esta lida,
Me causa grande desgosto,
Só por ver como vai
O suor deste meu rosto.

O bom Deus de piedade
A mim me queira livrar,
Enquanto vida tiver
E bens alheios tratar.

Para o mês de São João
Vou ver o que estou ganhando,
Quero pagar o que devo,
Inda lhe fico restando.

Querendo ter alguma coisa,
Não há de vestir camisa,
Visto isto que eu digo
O mesmo tempo me avisa.

Ralham contra os vaqueiros,
Nada se faz a seu gosto;
Se acaso morre um bezerro,
Na serra se toma outro.

Saibam todos os vaqueiros
Tratados bem de seus amos,
Se eles não têm consciência,
Logo nós todos furtamos.

Tudo isto que se vê
Ainda não disse a metade,
Por causa do leite de vaca
Se quebra muita amizade.

Vou dar fim ao A, B, C,
Eu não quero mais falar,
Se fosse eu a dizer tudo
São capazes de me matar.

Chorem e chorarão
Com grande pena e pesar,
Somente mode um mumbica[53]
Que dão para se matar.

Zelo, zeloso,
Todos sabem zelar,
Que de um pobre vaqueiro
Sempre tem que falar.

47
O Boi Surubim
(Ceará, coletado por Araripe Junior)

Nasceu um bezerro macho
No curral da Independência,
Filho de uma vaca mansa
Por nome de Paciência.
Quando o Surubim nasceu
Daí a um mês se ferrou,
Na porteira do curral
Cinco touros, enxotou.
Na porteira do curral

---

[53] Garotinho de ano, magro, enfezado.

SÍLVIO ROMERO

Onde o Surubim cavou
Ficou o barreiro tal
Que nunca mais se aterrou.
Na praça da cacimba
Onde o Surubim pisou
Ficou a terra acanhada,
Nunca mais capim criou.
Um relho de duas braças,
Que o Surubim amarrou,
Botou-se em uma balança,
Duas arrobas, pesou.
Fui passando em um sobrado,
Uma moça me chamou:

– Quer vender o Surubim?
Um conto de réis eu dou.
– Guarde o seu dinheiro, dona,
O Surubim não vendo, não.
– Dou um barco de fazenda,
De chita e madapolão.
– Este meu boi Surubim
É um corredor de fama,
Tanto ele corre no duro,
Como nas vargens de lama.
Corre dentro, corre fora,
Corre dentro na catinga;
Corre quatro, cinco léguas
Com o suor nunca pinga.
Quando o Surubim morreu,
Silveira pôs-se a chorar;
Boi bonito como este

CANTOS POPULARES DO BRASIL

No sertão não nascerá;
Eu chamava, ele vinha:
– O-lé, ô-lô, ô-lá...

48
A B C do Boi-Prata
(Ceará, coletado por Araripe Junior)

A dois de agosto de quarenta e quatro
Nasci no Saco da Ema;
Bebi na lagoa grande,
E malhei lá na Jurema.

Bebia bem assustado
Com o medo de meu dono,
Passava noites a andar
Sem saber o que era sono.

Como desenganou-se o meu dono
De acompanhar a carreira,
Foi chamar o João de Sousa
Da fazenda da Ladeira.

Deu, este sua carreira
Em cima do melado,
Mais adiante um pouco,
Gritou: – Estou enganado.

Ele disse bem vexado
E todo se tremendo:
– Aqui sumiu-se o garrote,
O rasto não estou mais vendo.

125

SÍLVIO ROMERO

Foi voltando para trás
Bastante desconcertado,
Por ter perdido a carreira
No seu cavalo melado.

Grande pena a de meu dono
Do Sousa vendo a chegada;
Perguntou com muita pressa:
– Cadê os seus camaradas?

Indo este um pouco calado
Sem poder contar a história,
Disse com fé o meu dono:
– Espero ainda a vitória.

E fizeram nova entrada;
Zé de Souza no pedrezão;
João de Souza foi gritando:
– Lá está o barbatão.

João de Sousa por esperto
Cavalgava no melado;
José disse com soberba:
– Ele agora vai pegado.

Lá no poço do Pereira
João botou-me no mato;
Logo chegou Zé de Sousa,
Foram-me ganhar o rasto.

CANTOS POPULARES DO BRASIL

Me seguiram légua e meia,
Voltaram desconsolados,
Por haver anoitecido
E não me terem alcançado.

– Não peguei o barbatão,
Disse logo João de Sousa.
Quando chegaram em casa:
– Corre o bicho até que zoa.

Oh! meu irmão Francisco,
Eu estou desenganado;
Não pego o barbatão
Nesse cavalo melado,

– Porque o José de Sousa
Em cima do pedrezão
Está também desenganado
Que não pega o barbatão.

– Queira tomar um conselho:
Venda ao Manoel Teixeira;
Ele se atreve a pegar,
Por ser grande na carreira.

– Receba de Manoel Teixeira
O dinheiro todo completo;
Não o podemos pegar,
Só ele, por ser esperto.

SÍLVIO ROMERO

Sim, senhor, eu vou vender
Por doze mil réis contados,
Porque quero ficar livre
Daquele bicho malvado.

– Todo descansado fiquei,
Nunca mais vi a poeira
De João de Sousa Leal,
Zé de Sousa da Ladeira.

– Uma queda não me deram,
Nem me puseram a mão;
Muitas vezes eu vi eles
Rolar na poeira do chão.

Voltavam sempre para trás,
Contando muitas histórias;
Porém sempre fui eu
Que tive toda a vitória.

Chegada deles em casa
Muitos queriam ver;
Vinham chegando de tarde
Antes de anoitecer.

Zelo comigo, garrote,
Sou teu dono Teixeira,
Porque não sou de raça
De não te pegar na carreira.

49
O Filgueiras
(Ceará, coletado por Araripe Júnior)

– O que tens, Joaquim Ignacio,
Que de cores vens mudado?
"Meu cunhado Gonçalinho
Foi preso para o Escalado."

O Filgueira assim que soube,
Mandou chegar seu cavalo,
E correu à rédea solta
Em busca do Cantagalo.
Foi chegando e foi dizendo
Com a sua mansidão:

"Quero o meu sobrinho solto
Que o vejo na prisão."

Responde o cabo da tropa,
Por ser homem malcriado:

"Seu sobrinho há de ser solto
Depois de eu morto e picado!"

Respondeu Joaquim Ignacio
Com a sua opinião:

"Meu tio, peça favor
A gente, a tapuio não!"

Puseram uma pistola
Nos peitos de Joaquim Ignacio;
A bala entrou pela frente
Foi sair no espinhaço.
Filgueira com esta ação
Ficou muito estomagado,
Passou mão ao bacamarte
Para derrubar o Escalado.
O mulato João de Brito,
Mulato de estimação,
Nos galhos das marmeleiras
Lá deixou seu mandrião.
"O que tens, José Luiz,
Que de trajes vens mudado?"
– Com o repuxo do Filgueira
Saí todo escangalhado.

50
Conversa política entre um corcunda e um patriota
(Ceará, coletada por Araripe Junior)

C. – Deus lhe guarde, meu senhor,
P. – Venha com Deus, cavaleiro,
Venha, logo me dizendo
Se é corcunda ou brasileiro.
Vejo-lhe divisado
Na cabeça um grande galho,
Bem me parece ser
Da vazante o espantalho.
C. – Sim, senhor, eu sou corcunda
E morro pelo meu rei;

Cantos populares do Brasil

Esta divisa que trago
É da sua real lei.
Se o senhor é patriota,
Provisório cidadão,
Se fala contra o meu rei,
É judeu, não é cristão.
E com isto já me vou,
Não quero mais esperar;
O senhor é jacobino
Pelo modo de falar.

P. – Dê-me atenção, senhor,
Não se faça enfurecido;
Um homem apaixonado
Não dá prova de entendido.
Eu conheço o seu caráter,
Não é de tolo e vario,
Mostra ser de pensante,
Ou de um escriturário.
Faça-me a honra apear,
Venha me dar um clarão;
Só o senhor pode dizer-me
O que é a Constituição,
E também da Independência
De dom Pedro Imperador;
Tudo me explique agora,
Eu lhe peço por favor.

C. – Se o senhor me fala sério,
Se não é adulação,
Eu lhe direi de que consta
A nova Constituição.

P. – O senhor, creia em mim,
Muito sério lhe falo;

SÍLVIO ROMERO

Eu sou um homem néscio,
Não sei onde canta o galo.

C. – Estes malvados pedreiros,
Carbonários da nação,
Que por serem carvalhistas
Detestam serem cristãos,
Não querem ter rei, nem roque,
E menos religião,
Por isso desprezaram
O nosso rei dom João.
A lei deles é anarquia
Da tal Constituição,
Cativando desumanos
Sem ter quem lhes vá à mão;
Não querem saber de missa,
Menos de sacramento,
Mofam de tudo o que diz
O Novo Testamento.
Veja, pois, por que rigor
Chamam a nós marinheiros,
Arrocham de pau e peia;
Morram todos ao chumbeiro.
Uns homens nobres era tudo,
No sangue e no proceder,
De famílias ilustradas,
Muitos deles vem a ser
Filhos de duques, marqueses,
De condes e de morgados.
Dos infames patriotas
Tem sido desfeiteados...
Estas feras de agora avante
Só em maldade se encerra;

CANTOS POPULARES DO BRASIL

Desprezam o nosso rei,
Que Deus nos deu na terra;
Um homem santo e pio,
Um refúgio e esperança,
O nosso dom João Sexto,
Filho da real Bragança.
Esta família ilustrada,
Que o mesmo Deus destinou
Para seus filhos governarem,
Serem de nós superior...
Mas agora estou contente
De ver tudo acabado,
Uns mortos e outros presos,
Outros tantos enforcados.
Adeus, tenha saúde,
Creia nisso que lhe digo,
Fuja dos patriotas,
Que são nossos inimigos;
Já estão se acabando
As malditas rebeliões,
Ficando só no Brasil
A fé pura de cristãos.

P. – Tratemos da Independência.

C. – Isso é um passo muito errante;
Dom Pedro no Brasil
Não pode ser imperante.

P. – Por quê? Ele não é Bragança?

C. – Se o rei ainda é vivo
Não pode haver uma herança.

P. – Já não posso, seu corcunda,
Suas loucuras calar,
Quer por gosto, quer por força,

SÍLVIO ROMERO

Ouça-me agora falar.
Diga-me, homem sem brio,
Amante do cativeiro,
Somos terras, somos gados
Que dom Pedro seja herdeiro?
Quando Deus formou o mundo
Qual foi o rei que deixou?
Não deixou um só Adão,
De todos o progenitor?
Deste mesmo Adão não fez
Deus no céu para seu mando
Uma mulher para ele
Produzir o gênero humano?
Desses pobres camponeses
Produziu todas nações,
Algum dia eles tiveram
Fidalguia ou brasões?
Onde foi Bragança haver
Esse sangue ilustrado?
Só se foi por outro Adão,
Que por Deus não foi deixado.
Só dessa descendência
De gentes que Deus não fez,
Saiu toda a hierarquia,
Condes, duques e marques.
Abre os olhos, homem tolo,
Adora o Deus verdadeiro,
Aquele que por nós morreu
Como inocente cordeiro.
Se um rei é tão real,
Como adulas a dom João;
É baixeza no morrer

CANTOS POPULARES DO BRASIL

Se formar em podridão;
Ressuscitar aos três dias,
Assim como ressuscitou
O rei filho de Maria.

C. – Eu cá sigo o rei David
Que o mesmo Deus consagrou.

P. – Isto lá eu não duvido,
E também por isto estou;
Mas quem era o rei David?
Era um pobre coitado,
Era um simples pastorzinho
Do rebanho de seu gado.
Que é do nosso rei David?
Agora só há tiranos
Dissolutos, incivis,
De vaidade profanos.

C. – Já é tarde, vou andando;
Tenha mão, seu papagaio,
Você diz cadê as tropas
Do coitado do Pinheiro;
É certo que lá andei,
E que dele sou soldado...

P. – Perseguiste os teus patrícios
Como lobos difamados;
Nas casas que cercaste
Também foste carniceiro.
Ajudaste a tirar
Vida, honra e dinheiro;
Ajudaste a matar
Teus irmãos, mansos cordeiros,
Que desgraça, seu corcunda!
Entre os mesmos brasileiros!...

Desprezar os seus irmãos
Como lobos carniceiros.
Esta injustiça, seu corcunda,
Reclamam os céus inteiros...

C. – Meu amigo, estou certo
Do quanto me tem narrado,
Já me pesa de ter sido
Dos meus irmãos o malvado.
Roto o véu do engano,
Nova vida eu terei,
Constante patriota serei;
Podem contar comigo:
Defender a nossa pátria
E morra o nosso inimigo!

51
A alforria do cachorro
(Pernambuco)

No tempo em que o rei francês
Regia os seus naturais,
Houve uma guerra civil
Entre os brutos e animais.
Neste tempo era o cachorro
Cativo por natureza;
Vivia sem liberdade
Na sua infeliz baixeza.
Chamava-se o dito senhor
Dom Fernando de Turquia;
E foi o tal cão passando
De vileza à fidalguia.

CANTOS POPULARES DO BRASIL

E daí a poucos anos
Cresceu tanto em pundonor,
Que os cães o chamaram logo
De Castela imperador.
Veio o herdeiro do tal
Dom Fernando de Turquia;
Veio a certos negócios
Na cidade da Bahia.
Chegou dentro da cidade,
Foi à casa de um tal gato;
E este o recebeu
Com muito grande aparato.
Fez entrega de uma carta,
E ele a recebeu;
Recolheu-se ao escritório,
Abriu a carta e leu.
E então dizia a carta:

"Ilustríssimo Senhor
Maurício – Violento – Sodré –
Ligeiro – Gonçalves – Cunha –
Subtil – Maior – Ponte-Pé;
Dou-lhe, amigo, agora a parte
De que me acho argumentado,
Que estou de governador
Nesta cidade aclamado.
Remeto-lhe esta patente
De governador lavrada;
Pela minha própria letra
Foi a dita confirmada."
Ora o gato, na verdade,
Como bom procurador,

SÍLVIO ROMERO

Na gaveta do telhado
Pegou na carta e guardou.
O rato, como malvado,
Assim que escureceu,
Foi à gaveta do gato,
Abriu a carta e leu.
Vendo que era a alforria
Do cachorro, por judeu,
Por ser de má consciência,
Pegou na carta e roeu.
Roeu-a de ponta a ponta,
E pô-la em mil pedacinhos,
E depois as suas tiras
Repartiu-as pelos ninhos.
O gato, por ocupado
Lá na sua relação,
Não se lembrava da carta
Pela grande ocupação.
E depois se foi lembrando,
Foi caça-la e não achou,
E por ser maravilhoso
Disto muito se importou.

. . . .

52
O Lucas da Feira
(Sergipe)

Adeus, terra do limão,
Terra onde fui nascido;

CANTOS POPULARES DO BRASIL

Vou preso para a Bahia,[54]
Levo saudades comigo.
Eu vou preso para Bahia,
Eu vou preso, não vou só,
Só levo um pesar comigo:
É da filha do major.
Eu vou preso para Bahia.
Levo guarda e sentinelas,
Para saber quanto custa
Honra de moças donzelas.
Estes sócios meus amigos
De mim não têm que dizer;
Que por eu me ver perdido
Não boto outra a perder.
Estes sócios meus amigos
A mim fizeram traição;
Ganharam o seu dinheiro,
Me entregaram à prisão.
Meus amigos me diziam
Que deixasse de função,
Que o Casumba por dinheiro
Fazia as vezes do cão.
Vindo eu de lá da festa
De São Gonçalo dos Campos,
Com o susto do Casumba
Caiu-me a espada da mão.
Já me quebraram o braço,

---

[54] Isso é prova de como a Bahia, antiga capital da colônia e cidade, por muito tempo, mais notável e comercial do país, ficou gravada na imaginação popular como a terra suprema, a nossa *Roma,* ou o nosso *Canaã.*

SÍLVIO ROMERO

Já me vou a enforcar;
Como sei que a morte é certa
Vou morrendo devagar.
Quando na Bahia entrei
Vi muita cara faceira;
Brancos e pretos gritando:
– La vem o Lucas da Feira!
Quando eu no Rio entrei
Caiu-me a cara no chão;
A rainha veio dizendo:
– Lá vem a cara do cão.

53
O Calango
(Sergipe)

Calango fez um sobrado
De vinte e cinco janelas
Para botar moças brancas,
Mulatas cor de canela.
Calango matou um boi,
Dele não deu a ninguém;
Lagartixa respondeu:
– Calango fez muito bem.
O calango foi à feira
Em traje de gente rica;
Lagartixa respondeu:
– Calango, você lá fica.
O calango foi à festa
Montado em uma leitoa;

Cantos populares do Brasil

Lagartixa respondeu:
– Calango não é pessoa.
Calango estava deitado
Na proa do seu navio;
Lagartixa respondeu:
– Calango, tu és vadio.
Calango saiu à rua
Montado em uma perua;
Lagartixa respondeu:
– Vejo que a tola está nua.
Calango foi convidado
Para ser juiz de paz;
Lagartixa respondeu:
– Calango, veja o que faz.
Calango foi à Bahia
Com seu barco de feijão;
Lagartixa respondeu:
– Cada vagem é um tostão.
O calango é bicho porco,
Em um folguedo quiz entrar;
Lagartixa respondeu:
– Calango, vai-te lavar.
Calango foi convidado
Para ser um presidente;
Lagartixa respondeu:
– Calango, me traz um pente.
Minha gente, venha ver
Coisa de fazer horror:
Lagartixa de chinelas,
Calango de paletó.

54
O Sapo do Cariri
(Sergipe)

No sertão do Cariri[55]
Havia um sapo casado;
Na seca de oitenta e quatro[56]
Quase que morre torrado.

Determinou a mudar-se,
Levando consigo a Gia,
De cabeça para baixo
Em procura da Bahia.

Segurando a sua trouxa,
Seguiu por Caruaru;
Logo ali à tardezinha
Deu na casa do teiú.

Sapo: Deus vos salve, meu senhor,
Dá-me um rancho, por favor?

Teiú: Um rancho não posso dar,
Que o senhor não vem só;
Traz em sua companhia
A sua tataravó.

Sapo: A minha tataravó
Há muito que já morreu;
Trago em minha companhia
A mulher que Deus me deu.
E venho muito vexado,

---

[55] Sertão do Ceará, chamado também *Cariris Velhos,* por oposição aos *Cariris Novos,* na Paraíba do Norte.
[56] Uma das secas notáveis do Ceará no século passado.

Cantos populares do Brasil

Dona Gia está pejada;
Estou vendo que lhe dão as dores
Antes que chegue ao riacho.
Teiú: Visto isto, meu senhor,
Entremos cá para dentro;
Eis aqui está um quarto,
Faça aí seu aposento.

Logo ali à madrugada
Deu a dor em Dona Gia;
Descendo escadas abaixo,
Pariu um sapinho macho.[57]

55
A velha Bizunga
(Versão de Maricá, Rio de Janeiro)

Velha bizunga,
Casai vossa filha,
Para termos um dia
De grande alegria.
"Eu, minha filha,
Não quero casar;
Pois não tenho dote
Para a dotar."
Saiu a Preguiça,[58]
De barriga lisa:

---

[57] Não nos foi possível conseguir a continuação da viagem do Sapo do Cariri até à Bahia; temos memória de tê-la ouvido em criança. As pessoas que agora repetiram sabiam-na até ali.
[58] Animal.

SÍLVIO ROMERO

– Case a menina,
Que eu dou a camisa.
"Quem dê a camisa
De certo nós temos;
Mas a saia branca,
Donde a haveremos?"
Saiu a Cabrita
Do mato manca:
– Case a menina,
Darei a saia branca.
"Quem dê saia branca
De certo nós temos;
Mas o vestido,
Donde o haveremos?"
Saiu o Veado
Do mato corrido:
– Case a menina,
Que eu dou o vestido,
"Quem dê o vestido
De certo nós temos;
Mas os brincos,
Donde os haveremos?"
Saiu o Cabrito
Dando dois trincos:
– Case a menina,
Eu darei os brincos.
"Quem dê os brincos
De certo nós temos;
Mas falta o ouro,
Donde o haveremos?"
Saiu do mato

CANTOS POPULARES DO BRASIL

Roncando o Besouro:
– Case a menina,
Que eu darei o ouro.
"Quem nos dê o ouro
De certo nós temos;
Mas a cozinheira,
Donde a haveremos?"
Saiu a Cachorra
Descendo a ladeira:
– Casai a menina,
Serei cozinheira.
"Quem seja a cozinheira
É certo já temos;
Porém a mucama,
Donde a haveremos?"
Saiu a Traíra[59]
De baixo da lama;
– Casai a menina,
Serei a mucama.
"Quem seja a mucama
De certo nós temos;
Porém o toucado,
Donde o haveremos?"
Saiu o Coelho
Todo embandeirado:
– Casai a menina,
Darei o toucado.
"Quem dê o toucado
É certo que temos;

---

[59] Pequeno peixe.

Porém o cavalo,
Donde o haveremos?"
Saiu do poleiro
Muito teso o Galo:
– Casai a menina,
Que eu dou o cavalo.
"Quem dê o cavalo
De certo nós temos;
Mas o selim,
Donde o haveremos?"
Saiu um burro
Comendo capim:
– Casai a menina,
Eu darei o selim.
"Quem dê o selim
É certo que temos;
Porém falta o freio,
Donde o haveremos?"
Saiu uma Vaca,
Pintada pelo meio:
Casai a menina,
Eu darei o freio.
"Quem nos dê o freio
Sim, senhores, temos;
Porém a manta,
Donde a haveremos?"
Saiu a Onça,
Com a boca que espanta:
– Casai a menina,
Que eu darei a manta.
"Quem nos dê a manta,
É verdade, temos;

CANTOS POPULARES DO BRASIL

Mas quem será o noivo?"
Donde o haveremos?
Saiu o Tatú
Com o seu casco goivo:
– Casai a menina,
Que eu serei o noivo.
"O noivo tratado
De certo nós temos;
Porém o padrinho,
Donde o haveremos?"
Saiu o Ratinho
Todo encolhidinho:
– Casai a menina,
Eu serei o padrinho.
"Quem seja o padrinho
De certo nós temos;
Porém a madrinha,
Donde a teremos?"
Saiu a Cobrinha,
Toda pintadinha:
– Casai a menina,
Eu serei a madrinha.
"Quem seja a madrinha
De certo nós temos;
Mas quem pague o padre,
Donde o haveremos?"
Saiu a Cobrinha,
Que era a comadre:
– Casai a menina,
Eu pagarei ao padre.
Cada um dando o que pôde
Todos se arrumaram:

147

SÍLVIO ROMERO

Chamado o padre,
Logo se casaram.
Caindo o sereno
Por cima da grama,
Debaixo da pedra
Fizeram a cama,
Se divertiram,
Cantaram, dançaram;
E diz o Lagarto
Que também tocaram.
Se é verdade ou não,
Isso lá não sei;
O que me foi contado
Eu também contei.
O que sei só é
Que tanto brincaram,
Que todos também
Se embebedaram.
Até eu também
Me achei na função,
E para casa trouxe
De doce um buião.[60]

56
Balaio
(Rio Grande do Sul; coletado por Koseritz)

Balaio, meu bem, balaio,
Balaio do coração;

---

[60] Este romance devemos ao senhor doutor Macedo Soares, que o coletou em Maricá, e nos enviou.

Cantos populares do Brasil

Moça que não tem balaio
Bota a costura no chão.
Balaio, meu bem, balaio,
Balaio do presidente;
Por causa deste balaio
Já mataram tanta gente!...
Balaio, meu bem, balaio,
Balaio de tapete;
Por causa deste balaio
Me degradaram daqui.

57
A B C de Amores

[Coligido por Carlos Miller, no Rio Grande do Sul]

Aqui te mando, benzinho,
Um A B C de amores,
Para que nele tu vejas
Os meus suspiros e dores.

Anda cá, meu doce bem,
Anda ver, prenda querida,
As queixas que tu me formas
Nos passos da minha vida.

Bem conheço, prenda minha,
Que a vida me deixaste,
Por sentires grande falta
De um coração que me roubaste.

SÍLVIO ROMERO

Cadeias foram teus olhos,
Grilhões os teus carinhos,
Que prenderam meus afetos
Entre os mais duros espinhos.

De cada vez que te vejo,
Se me dobram as prisões;
Eu juro me teres roubado
Duzentos mil corações.

Empenhei-me a experimentar
A dureza do teu peito;
Nasci forro, sou cativo,
Sou leal e até sujeito.

Feriste meu coração
Para nele seres ouvido;
Ficaste sendo senhora,
Eu fiquei sendo cativo.

Gloria dos tempos passados,
Que tão depressa fugistes!
Que te faziam meus olhos,
Que vos fazem andar tristes?

E bem que chorem meus olhos
De uma dor que os atormenta;
Um sensível coração
Pelos olhos arrebenta.

Ide, meus olhos, nadando
Nestas águas que chorais;

CANTOS POPULARES DO BRASIL

Amor de meu coração,
Quando nós veremos mais?
Lagrimas, caí, caí,
Relatai a minha dor;
Pois um triste coração
Não tem outro portador.

Mais me valia morrer
Quando em ti pus o sentido;
Não pensei que tantas mágoas
Me tivessem combatido.

Não abatas tanto, ingrata,
Um triste, aflito queixoso;
Pois seja da minha vida
Fim, tormento rigoroso.

O rouxinol quando canta
Forma queixas de sentido;
Eu também me queixarei
Por ser mal correspondido.

Peço-te, benzinho amado,
Que me faças um carinho,
Que vivas na esperança
Que ainda hei de ser teu benzinho.

Quem ver a enchente no mar,
Não lhe cause confusão;
Que são águas dos meus olhos,
Fontes do meu coração.

SÍLVIO ROMERO

Rebenta, minha alma aflita,
Que está ferido o meu peito,
Pelo muito que eu padeço,
Menina, por teu respeito.

Suspenderei os meus prantos,
Cessarei já de chorar,
Já que me coube por sorte
Querer bem e não lucrar.

Tenho tão pouca ventura
Na sorte de te querer,
Que te peço por esmola
Sim me deixes padecer.

Vivo tão pressionado,
Que não sei de meus cuidados,
Se padeço ou se suspiro,
Se choro de magoado.

Chorando só de continuo
Por viver tão retirado,
Na tua ausência, vidinha,
Neste triste, aflito fado.

Zombem embora de meu pranto,
Pois a mim fizeste guerra,
Outro não acharás
Em todos os bens da terra.

CANTOS POPULARES DO BRASIL

O til por ser pequenino
Também goza estimação;
Estou esperando a resposta
Que venha da tua mão.

58
Chula a três vozes
(Ceará, *apud* Theophilo Braga)

Lá nos campos de Cendrêa,
Meu corpo vi maltratado!
Tudo isto experimentei
Só por ser seu bem amado.
    Vem aos meus braços,
    Meu bem amado,
    Vem consolar
    Um desgraçado.
Se eu não te quero bem
Deus do céu não me escute;
As estrelas não me vejam,
A terra não me sepulte.
    Vem aos meus braços,
    Meu bem amado,
    Vem consolar
    Um desgraçado.
Naquele primeiro amor
Que no mundo teve a gente,
O amor cravado na alma
É lembrado eternamente.

SÍLVIO ROMERO

Vem aos meus braços,
Meu bem amado,
Vem consolar
Um desgraçado.

59
Sarabanda
(Ceará, *apud* Theophilo Braga)

– Aqui estou, minha senhora,
Com dor no meu coração,
Bem contra a minha vontade
Fazer-lhe esta citação.
"Também tenho minha casa
Muito da minha estimação;
Tudo darei à penhora,
Porém as cadeiras não."
"Também tenho minha cama
Coberta de camelão,
A barra de cetim nobre,
O forro de camelão;
Tudo darei à penhora,
Porém as cadeiras não."
"Também tenho cinco escravos,
Três negros e dois mulatos,
Muito da minha estimação;
Tudo darei à penhora,
Porém as cadeiras não."
– Venha cá, minha senhora,
Deixe-se de tantas besteiras,
Que no mundo não falta ourives
Que lhe faça outras cadeiras.

60
Meu benzinho, diga, diga...
(Sergipe)

– Meu benzinho, diga, diga,
Por sua boca confesse
Se você nunca já teve
Quem tanto bem lhe quisesse.
"Se eu nunca tive
Quem tanto bem me quisesse,
Também nunca tive
Quem tantos trabalhos me desse."
– Os trabalhos que eu te dei,
Você mesmo os procurou,
Que da casa de meu pai,
De lá você me tirou.
– Se de lá eu te tirei
Foi por me ver perseguido;
Quantas e quantas vezes
Não me tenho arrependido!
De que te arrependes, amor?
Deste teu gênio tão forte?
Não prometeste ser firme
Até na hora da morte?
Até na hora da morte
Sentirei ingratidão,
Sendo eu a dona
Roubada deste ladrão!...
Nunca comi de ladrão,
Nem pretendo comer;
Poderei comer agora
Debaixo de seu poder.

SÍLVIO ROMERO

– Debaixo de meu poder
Tu terás grande valia;
Saindo dele para fora,
Não terás mais fidalguia.
"Esta fidalguia minha
Nunca há de se acabar;
Que eu com gente mais sou menos
Nunca hei de me pegar."
– Pega, então, meu amor,
Procurando opinião;
Que estas meninas de agora
Não procuram estimação.
"Não procura estimação
Só aquela que é pobre;
Uma dona, como eu,
Só procura gente nobre."
– Goza, meu bem, da vida,
Que eu, à noite, vou te ver,
Dando suspiros e ais
Para não te ver padecer.

61
Variante do Rio Grande
(Coletada por C. Miler)

– Meu benzinho, diga, diga,
Por tua boca confessa
Se algum dia tu tiveste
Amor que mais eu quisesse.
Mas confesso que não tive
Quem mais trabalho me desse.

CANTOS POPULARES DO BRASIL

"Se mais trabalho lhe dei,
Por tua mão procuraste,
Que de casa de meus pais
Bem raivosa me tiraste.
Se raivosa te tirei,
Por me ver perseguido,
Quantas e quantas vezes
Bem me tenho arrependido!"
– Porque te arrependes, ingrata,
Tendo eu um gênio doce?
Prouvera que eu fosse amoroso,
Não andavas tão desgostosa.
Que desgostosa você vive,
Vivendo desta sorte;
Te prometo lealdade,
Lealdade até à morte.
"Pois eu sinto e sentirei,
Sinto mil ingratidões;
Sinto ser uma dona
E roubada dos ladrões.
Eu dos ladrões nunca fui,
E te juro de não ser,
Enquanto viver sujeita
Debaixo de seu poder."
– Debaixo de meu poder
Foi que tiveste valia;
Que saindo para fora
Acabais a fidalguia.
"Fidalguia sempre tive,
Que disto me ei de gabar,
Que com gente doutra esfera
Não me ei de misturar."

– Misturar ei de por força,
Que isto vem de geração;
Que as meninas destes tempos
Não se dão à estimação.
"Estimação não se dão
Aquelas que são pobres;
Que uma rica como eu
Só procura gente nobre."
– Gente nobre ei de por força,
Que isto vem por festejar;
Que o pior é dar-lhe um coice,
E o melhor vem a ficar.
" . . . .
Já sei que queres dizer...
Queres dominar o meu corpo,
Isto me dais a entender."

62
O Sapo Cururu
(Sergipe)

– Ó sapo cururu
Da beira do rio!
"Não me bote na água,
Que eu morro de frio.
        Bum..."
– Sapo cururu
De dona Tereza!
"Me corte o cabelo,
Me deixe a beleza.
        Bum..."

CANTOS POPULARES DO BRASIL

– Sapo cururu,
Que fazes lá dentro?
"Estou calçando as meias
Para meu casamento.
Bum…"
– Sapo cururu
Diz que quer casar?
"Para ter minha mulher
Para me regalar.
Bum…"[61]

63
O A B C da Moça queimada
(Ceará)

A trinta do mês de outubro
Do ano de trinta e um,
Ardi em chamas de fogo
Sem haver remédio algum.

Ai! de mim, triste coitada,
Que trouxe tão cruel sina
De passar pela desgraça
Neste mundo tão menina!

---

[61] Estes versinhos creio que são cantados e dançados, pois são precedidos destes:

> Sapateiro novo,
> Me faz um sapato
> De sola bem fina
> Pra dançar o sapo.

SÍLVIO ROMERO

Bem conheço de certeza
Que foi por Deus está morte;
Assim quiz o criador,
Permitiu a minha sorte.

Quando no mundo nasci
Foi para morrer queimada;
De Deus a sina no mundo
Não pode ser revogada.

Deus como de piedade
Tenha de mim compaixão;
Foi tal a minha desgraça
Que morro sem confissão.

Eu conheço de certeza
Que só por Deus poderia
Eu acabar desta sorte,
Morrer com tanta agonia.

Fazendo eu umas papas
Para um menino comer,
Oh! Que caso tão cruel
A mim veio acontecer!

Gritei por todos de casa
No estado em que me pus,
Pedindo que me acudissem
Pelas chagas de Jesus.

CANTOS POPULARES DO BRASIL

Hoje por me ver assim
Desenganada da vida
Já desejo que a minha alma
De Deus seja recebida.

Já me dispus a morrer,
Para mim a morte é nada;
Tendo a gloria, me não pesa
De ter morrido queimada.

Lágrimas por mim não botem
Que remédio não me dão,
Antes me recomendem
A Virgem da Conceição.

Morrendo estou satisfeita,
Ninguém de mim tenha dó;
Tendo eu a salvação
Lá no céu estou melhor.

Não tenho mais que pedir,
Que já mais falar não posso;
Quem neste A B C pegar
Reze-me um Padre-Nosso.

Oh bom Deus de piedade,
Jesus Cristo Redentor,
Tende compaixão de mim
Por vosso divino amor!

SÍLVIO ROMERO

Pelos meus grandes pecados
No mundo fui desgraçada,
Mas pelo amor de Maria
Serei nos céus perdoada.

Que dores! que agonias
Por me ver nesta figura!
Naquela matriz do Icó
Foi a minha sepultura.

Rolando na minha cama
Com ânsias e agonias
Sem poder ter um alívio
No espaço de oito dias.

Soberano rei da glória,
Filho da Virgem Maria,
No meu último suspiro
Queirais ser a minha guia.

Tenho a certeza, Senhor,
Que me não ei de perder;
Vos peço que não deixeis
A minha alma padecer.

Vou dar fim ao A B C
Que não posso mais falar;
Me ajudem a morrer
Que me quero retirar.

Cantos populares do Brasil

Chorando ficarão todos,
Eu me vou bem consolada
Na esperança que a minha alma
Na glória terá entrada.

Zangada já estou do mundo,
Eu não quero mais viver,
No artigo em que me acho
Só com Deus me quero ver.

O til é letra do fim;
Findo em pedir também
A Deus que me dê a glória
Para todo o sempre. Amém.

64
O A B C do Araújo
(Ceará)

Ah! Mundo falso, enganoso,
Em ti não há que fiar;
O que for mais exaltado
Maior queda fazes dar.

Bem se viu, melhor se vê;
Quem viver melhor verá
As voltas que o mundo deu
E as que tem para dar.

SÍLVIO ROMERO

Cuide cada um em si,
Não queira ao alto voar,
Que o fogo da soberba
As asas lhe hão de queimar.

Do que fui e do que sou
Bem me desejo esquecer,
Ao lembrar-me do que fui
E do que virei a ser.

Embarquei com vento à popa
Para no mar navegar;
Sem levar agulha e prumo
Pelos baixos vim a dar.

Fui solteiro e sou casado,
Vivi com muita alegria,
Por se me trocar a sorte
Estou posto sem serventia.

Gastei a minha fazenda
Na fúria da mocidade
Servindo a bens comuns
E a uma Majestade.

Homem grande…
De um grande governar
Se não tiver direção
Sem respeito há de acabar.

CANTOS POPULARES DO BRASIL

Lembrando-me do que fui,
Muito diferente estou;
Fui alegre, hoje sou triste;
A sorte se me mudou.

Morto já me considero,
Ter vida mais não queria;
Só se eu tivera vista
Algum tempo ou algum dia.

Não são lembrados os males
Na primavera dos anos;
Só me lembram delitos,
Não me esquecem os danos.

Quem se viu como eu me vi
Tão respeitado e querido!
Hoje de poucos lembrado,
E de muitos esquecidos!

Respeito, honra, justiça
No dinheiro é que se encerra;
Quem tem isto já tem tudo,
Porém tudo isto é terra.

Suspiros que vem de longe
Só servem de maltratar;
Olhos que de ver não servem
Que sirvam para chorar.

SÍLVIO ROMERO

Tu me viste, e tu me vês
No estado em que estou;
Isto te sirva de exemplo,
Que quem eu fui já não sou.

Vanglorias e passatempos,
Tudo neste mundo passa;
Descem uns e sobem outros
Conforme a sua desgraça.

Zombe, pois de mim o mundo,
Que eu dele não quis zombar,
Adquirindo paixões
Para com elas cegar.

O til não fique de fora,
Entre já sem dilação;
Venham ver o Araújo
Que já teve, e hoje não.

65
A B C de um homem solteiro
(Ceará)

Acho-me com vinte anos
Sem intenção de me casar;
Faço este A B C
Para nele me explicar.

CANTOS POPULARES DO BRASIL

Bem vontade que eu tenho;
Olho Norte, e vejo Sul;
Bem casado que eu ando
Com as moléstias que possuo.

Casarei me com certeza
Se você me sustentar
De carne, farinha e peixe,
E do mais que precisar.

De ir a bailes e comédias
Descanse o seu coração,
Que de casa não me sai
Nem que venha um seu irmão.

Eu à missa e a igreja
Sempre lhe ei de levar,
Quer de pé, quer de cavalo,
Como Deus nos ajudar.

Faço-lhe tudo a saber
Enquanto remédio há;
Se há de chorar sem remédio,
Melhor será não casar.

. . . .

Homem que fale a verdade
Você não há de encontrar;
Todos querem passatempo,
E vão atrás de enganar.

. . . .

Nas sextas e nos sábados
Nós havemos de guardar,
E nos dias de preceito
Nós havemos de jejuar.

. . . .

Rede sempre me há de dar
Se quiser ter boa fama,
Que sou um homem doente,
Não posso dormir em cama.

Saia sempre lhe ei de dar,
Isto não lhe dê cuidado;
Não serão quatro nem cinco,
Que não sou tão abonado.

66
O cão e o urubu
(Ceará)

C. – Guarde o Deus, seu urubu,
E a sua nobre pessoa,
Que viva com o papo cheio
Passando uma vida boa.

U. – Certamente vou passando
Uma vida mais suave;
Ultimamente lhe digo
Já vi ano favorável.
Mas já estou aqui temendo
Quando chegar a invernada;

CANTOS POPULARES DO BRASIL

Caindo a chuva na terra,
A fartura está acabada.
C. – Não me dirás, urubu,
Como acham vocês res morta
Nem que esteja escondida
Lá por dentro de uma grota?
U. – Eu te direi, cachorro,
Do modo que nós achamos,
Avoando pelos ares
De lá com a vista bispamos.
Depois de termos bispado
Fazemos uns peneirados,
Fechamos de lá as asas,
Trás! na carniça sentados.
C. – . . . .
. . . .
Urubu tu te agastaste?
U. – Certamente me agastei,
Pois sou um pássaro brioso;
Se eu sou esfomeado,
Tu és um bicho guloso.

67
As lagartixas
(Gamela da Barra Grande – Alagoas)

Eu vi uma lagartixa
Tocando em uma viola;
O calangro respondeu:
– Oh! Que cabrita paixola!
Eu vi outra lagartixa

Atrepada em um sobrado,
Repimpada na cadeira
Com seu rabo pendurado.
Eu vi outra lagartixa
Na feira da Macaúba,
Botando torrões abaixo,
Botando cargas arriba.
Eu vi outra lagartixa
Atrepada no coqueiro,
Botando cocos abaixo
Para quem fosse primeiro.

68
Décima grande da Obra do Firmamento
(Rio de Janeiro)

Quando o Senhor formou
A obra do firmamento,
Obra de tanto talento
E juízo;
Formou também um paraíso,
De árvores e flores composto,
Tudo de sumo gosto
E perfeição.
E para guarda fez Adão,
E de sua costa a mulher;
E Deus depois lhe refere
Assim:
– Fica-te neste jardim,
De delicias guarnecido,
E olha bem que és o marido
De Eva.

Cantos populares do Brasil

Adão todo se enleva
Por se ver acompanhado;
Logo foi aconselhado
Pelo Senhor:
– Tudo fica a teu dispor,
Tudo te há de ter respeito,
Porém, guarda o preceito,
E escuta:
Comerás de toda a fruta,
Sem que haja prejuízo;
Mas agora é bem preciso
Que te explique,
Para que em tua memória fique,
E gozes com previdência:
Só da arvore da ciência
Do bem e mal;
Olha que é culpa mortal
Se te tal acontecer...
Olha que hás de morrer
Na verdade.
A serpente com maldade
Eva foi logo atentar,
E ela fácil foi pegar
No pomo;
E do qual partiu um gomo
E ao seu marido ofereceu;
E Adão da fruta comeu
Também.
Ambos igual culpa têm,
Eva e o seu consorte;
Ficaram sujeitos à morte
Chorando.

SÍLVIO ROMERO

Aparece o Senhor bradando:
– Adão! onde estás metido?
"Senhor, estou escondido
Com vergonha."
– Oh! que terrível, medonha,
Foi tua culpa cometida!
Acabou-se a boa vida
Que tivestes.
"Senhor, a mulher que me destes
Cá me veio enganar…"
– Vem cá, oh Eva, explicar
De repente.
– "Senhor, a maldita serpente
De certo me enganou!"
E o Senhor por ela bradou
Deveras:
– Oh maldita entre as feras!
Eu te deito a maldição…
Andarás tu pelo chão
De rastos,
Comendo ervas e pastos,
E a terra para alimento;
Ela será teu sustento,
Malvada!
Tu, Adão, com tua enxada
A terra cultivarás;
E tu, Eva, parirás
Com dor.
Nada fica ao teu favor,
Já que a vontade fizeste;
Assim perdeste o celeste
Agasalho.

CANTOS POPULARES DO BRASIL

Tu, Adão, com teu trabalho
Ganharás para comer,
E Eva te há de obedecer,
A razão direita.
Aqui ficarás sujeita;
Tu, Adão, a dominarás,
E te multiplicarás
Com ela.
Perderam, pois, a capela
Que o Senhor lhe houve guardado,
Tudo causa do pecado
Horrendo.
Ali ficaram vivendo
E o seu pecado chorando,
Ambos suplicando
Perdão.
Aqui abateram então.
Logo Eva concebeu,
Foi quando o Senhor lhe deu
Caim.
Este foi um filho ruim,
Muito tirano e cruel;
Ao que depois lhe deu Abel,
Pastor.
Este foi um resplendor
De voto e de castidade;
Porém Caim com falsidade
O matou.
E o Senhor para ele olhou,
Depois que ele fez o mal,
Pondo lhe logo um sinal
De preto.

SÍLVIO ROMERO

Portanto, ficou sujeito
A eterna escuridão,
Negro como um tição
De lume.
Acabou-se o ciúme
Que tinha com seu irmão;
E argumentou-se a geração
Dos pecadores.
E já isto, meus senhores,
Tem durado de tal sorte
Que só finda quando a Morte
Vem.
Ela não respeita a ninguém,
Leva a todos por parelha,
Nós temos bem o espelho
À vista.
Não há pessoa que resista
Nem o mesmo padre santo,
Que ela leva a quanto
Topa.
Todos que estão na Europa,
As mesmas pessoas reais,
Os bispos e cardeais
Vai levando.
E também de quando em quando
Reis, príncipes e monarcas;
Até mesmo os patriarcas
Levou.
Pois um Deus que nos criou
Quis pela morte passar,
Como havemos de escapar
À espada?

CANTOS POPULARES DO BRASIL

Ela é certa e pouco esperada,
Da morte tudo se esquece;
Mas por fim tudo padece
Este lance.
Todos passamos o transe
Da morte com aflições,
Que os mais santos corações
Padeceram.
Aqueles perfeitos morreram:
Em viso de santidade,
Um lamê, um na verdade
Que é:
O pai do grande Noé,
Um Abraão glorioso,
Seu filho prodigioso
Isaac;
Os habitantes de Israel,
Pais e irmãos de Ludim,
Aquele Labal Caim
Trabalhador;
Um Nabucodonosor,
Mais aquele santo Job,
Um admirável Jacob
De Israel;
Adão, seu filho Abel,
O grande Melchisedeque,
E aquele bom Ab-Meleque
Rei!
E eu isto tudo direi,
Certifico e assim é:
Lá também morreu José
No Egito.

175

Tudo isto está escrito;
E nada pode faltar:
Também morreu Putifar
Sacerdote.
Morreu aquele justo Lot,
E tudo que era egipciano,
Morreu o rei soberano
Faraó.
E não foram esses só:
Também morreu Batuel,
Agar, mais Ismael
Seu filho.
De nada eu me maravilho:
Também morreu Izacar,
E o seu filho Soar
Também;
Filhos, irmãos de Rubem,
Os moradores de Babel,
E os fundadores de Batel
Passaram.
Nenhuns do transe escaparam
Da vil morte com destreza...
Ela vem com subtileza
E mata.
Segundo a Escritura relata,
De certo que a ninguém perdoa:
Leva o cetro e leva a coroa,
E tudo mais.
Não respeita cabedais,
Tudo leva por igual,
Também leva o general
E o brigadeiro.

Cantos populares do Brasil

E morre quem tem dinheiro,
Para a morte não há penhor;
Também morre o governador
Na praça.
Morre tudo quanto passa
Esta vida com rigores;
Morrem padres, confessores,
Que estão
Lá em sua religião
Orando a São Miguel;
Também morre o coronel
Do regimento;
Morrem alferes, sargento,
O soldado e o capitão;
Morrem aqueles que estão
Na enxovia.
Morre toda a fidalguia;
Morre o pobre e o abonado,
E o ser muito endinheirado
Não faz;
Morre o velho e o rapaz;
Morre tudo sem remissão;
Também morre o guardião
No convento.
Morrem no acampamento
Tambores e mais soldados;
Morre nos mares salgados
Marinheiro;
Também morre o escudeiro,
O médico e o cirurgião;
Também morre o escrivão
E o juiz.

Segundo a Escritura diz,
Só dois foram escapados,
Elias e Enoc chamados.
De certo.
Tem morrido no deserto
Aqueles santos levitas,
E o povo dos israelistas
Falece.
A morte ninguém conhece:
Morreu o sábio Salomão
E o valoroso Sansão
Gigante;
Morre o leigo e o estudante,
Também morre o embaixador;
Morre aquele lavrador
Que anda
De uma para outra banda
A sua vida girando,
De modo que vá ganhando
Para passar,
Sem a morte lhe lembrar,
E ela já batendo à porta,
Que de repente lhe bota
A mão.
Muitos leva sem confissão,
Pois isto me faz tremer,
Vendo podermos morrer
Sem sacramento,
Nem sinais de arrependimento,
Sendo a morte de repente...
Pois valei-me o onipotente
Deus.

Tudo são pecados meus
De que eu tenho de dar conta
A Deus, e sempre com pronta
Vontade.
Pois Deus é de piedade;
Aquele doce Jesus,
Está com os braços na cruz
Pregados!
Tudo por nossos pecados
Padeceu morte e paixão!
E nós com ingratidão
O tratamos!
Assim é que lhe pagamos
Todo o bem que ele nos faz;
Mas, lá no Val de Josaphaz
Veremos
As contas que cada um demos,
Lá no dia universal,
Quando o Senhor der a final
Sentença.
Os bons com glória imensa,
E os maus sentenciados,
Para serem abrasados
No inferno!
Eu peço ao Padre Eterno...
Valha-me todo o cristão
Nesse dia de aflição
E amarguras.
Abriram-se as sepulturas
Com s corpos ressuscitados,
Sendo de novo formados
Como dantes!

SÍLVIO ROMERO

E as boas obras brilhantes
Na presença do Salvador;
E os maus serão com rigor
        Tratados.
    Ali darão, Senhor, brados,
Bradando só por Elias,
Segundo as profecias
        Rezam.
    Ali veremos como prezam
Boas obras que fizemos,
E os pecados que cometemos
        Nesta vida.
    Mas oh! que terrível lida!
Oh! que cegueira fatal!
Sendo este mundo um vale
        De enganos?!
    Vive um homem tantos anos
Nesta vida engolfado,
Muitas vezes só obrigado
        Se confessa.
    Não lhe dá que se esqueça
Daquela santa doutrina,
Que a igreja sempre ensina
        Aos fiéis.
    São os homens tão cruéis...
Só se enlevam em modiças...
Só ouvem algumas missas
        Por comprazer.
    Às vezes vão lá para ver
Moças da sua afeição,
Se levam trajo ou não
        A seu gosto.

Se levam lenço bem posto,
Boa meia e bom sapato,
Se tem capote e mais fato
A moda.
E outros metem-se na roda,
Que estão de quando em quando,
E vão sempre murmurando
Dos mais.
Vão os filhos com os pais
Beber vinho a uma adega,
Se o dinheiro lhes não chega
Pedem fiados.
Estando os pais embebedados
Dizem, a cambalear,
Aos filhos: – Vamos jogar
Ao vento.
Oh! Que mal educamento!
Oh! Que triste criação!
Eis porque os filhos são
Malcriados.
Mas se estes são casados,
Têm filhos para governar,
Tem-lhes por certo a faltar
Com o sustento.
Tudo serve de tormento
Às mulheres, se são honradas,
Muitas vezes já cansadas
De bradar.
Aparece para o jantar,
Sabe Deus quando Deus quer,
Uma côdea para a mulher,
Se lhe dão.

SÍLVIO ROMERO

Os maridos, sem discrição,
As levam aos encontrões,
Quando não lhes dão bofetões
Pela cara.
Amigo do jogo, repara,
Mete a mão neste painel,
E recolhe-te ao quartel
Da saúde.
E pede a Deus que te mude
Essa terrível cegueira,
Que é saúde para algibeira
Do cobre.
Tudo que a mão descobre,
E esse vício infernal,
Fazem perder o sinal
Do céu.
Isto vai de déu em déu,
E assim domingos passemos,
De modo que sempre busquemos
Divertimentos.
Vai-se tempo e sentimentos
Nos dias santificados,
Que Deus deixou destinados
Para o descanso.
Para adorar o cordeiro manso
Na sua santa igreja;
Mas a ira de Deus peleja
Com razão
Contra a pouca devoção
Que tem à casa sagrada;
Tanto monta como nada

Cantos populares do Brasil

Rezar.
Não pode a Deus agradar
Esta pouca decência:
Devemos com reverência
Adorá-lo.
Devemos todos abraçá-lo
E a seus santos mandamentos,
Para livrar-nos dos tormentos
Que passou.
Pelo sangue que derramou
Pela rua da amargura,
Tudo para a criatura
Remir.
Devemos todos pedir
À virgem Nossa Senhora
Seja a nossa protetora
Em morrendo;
Enquanto formos vivendo
Neste mundo desgraçado,
Tenha sempre o seu cuidado
Em nós.
Pois ouvi, Senhor, a voz
Deste vosso filho ingrato,
Cuja ingratidão relato
Agora!
Valei-me naquela hora
Da morte que há de chegar,
Valei-me enquanto viver,
Valei-me depois de morrer,
E esta vida findar.

Segunda série

Reinados e Chegranças

ORIGENS: DO PORTUGUÊS E DO MESTIÇO;
TRANSFORMAÇÕES PELO MESTIÇO

69
Os Marujos
(Sergipe)

Entrada

Todos: Entremos por esta nobre casa
Alegres louvores cantando,
Louvores à Virgem Pura,
Graças a Deus Soberano.
O Contramestre: Olhem como vem brilhando
Esta nobre infantaria!

SÍLVIO ROMERO

Saltemos do mar para a terra,
Ai, ai!... festejar este dia.

Piloto: Seu Contramestre,
Nosso leme está quebrado;
E a proa desta nau
Já está toda arrebentada.

Contramestre: Senhor Piloto,
Aqui venho me queixar
Que o seu gajeiro grande
Botou-me a agulha no mar.

Piloto: Sem mais demora,
Meu gajeiro preso já,
Para ele me dar conta
Da agulha de marear.

Gajeiro: Senhor Piloto,
Se promete me soltar,
Já eu lhe darei conta
Da agulha de marear.

Piloto: Sem mais demora
Meu gajeiro solto já,
Que ele já me deu conta
Da agulha de marear.

Gajeiro: Graças aos céus
De todo meu coração,
Que estou livre dos ferros,
Bailando neste cordão.

Contramestre: Senhor Piloto,
Para onde está mandando?
Já pelo seu respeito
Estamos todos chorando...

Piloto: Seu Contramestre,
Não me venha indignar;

CANTOS POPULARES DO BRASIL

Veja bem que estou olhando
Para agulha de marear.
Contramestre: Senhor Piloto,
Onde está o seu sentido,
Que pelo seu respeito
Estamos todos perdidos?
Piloto: Esta resinga
Não se há de se acabar
Sem no fio desta espada
Nos havemos de embraçar.

Segue-se a briga ao mesmo tempo em que toda a marujada está cantando.

Todos: Triste vida é do marujo;
Qual delas é mais cansada?...
Que pela triste soldada
Passa tormentos,
Passa trabalhos...
Dom dom...
Antes me quisera ver
Na porta de um botequim,
Do que agora ver o fim
Da minha vida,
Da minha vida...
Dom dom...
Contramestre: Virar, virar, camaradas,
Virar com grande alegria,
Para ver se alcançamos
A cidade da Bahia.
Capitão: Sobe, sobe, meu gajeiro,
Meu gajeirinho real;

Olha para estrela do Norte,
Oh! tolina,
Para poder nos guiar.

Gajeiro: – Alvistas,[62] meu capitão,
Alvistas, meu general,
Avistei terras em França,
Oh! tolina,
Areias em Portugal...
Também avistei três moças
Debaixo de um parreiral;
Duas cosendo cetim,
Oh! tolina,
Outra calçando o dedal.
Fazem vinte anos e um dia
Que andamos nas ondas do mar,
Botando solas de molho,
Oh! tolina,
Para de noite jantar.

Capitão: Desce, desce, meu gajeiro,
Meu gajeirinho real;
Olha para estrela do Norte,
Oh! tolina,
Para nos poder guiar.

Tudo isto é cantado e representado ao vivo. Depois que o gajeiro desce, a multidão dos marujos vai saindo e cantando à despedida.

Todos: Ora, adeus, ora, adeus,
Que me vou a embarcar;

---

[62] Por alviçaras.

CANTOS POPULARES DO BRASIL

Se a fortuna permitir
Algum dia ei de voltar.
Ora adeus, belas meninas,
Que de Lisboa cheguei;
Ai! pensavam que eu não vinha
Para nunca mais as ver!...
Todos filhos da fortuna
Que quiserem se embarcar,
A catraia está no porto,
A maré está baixa-mar.
Quando Deus formou o navio
Com seu traquete de lona,
Também formou o marujo
Lá no pão da bujarrona.
Quando Deus formou o navio
Com seu letreiro na popa,
Também formou o marujo
Com seu charuto na boca.
Quando me for desta terra
Três coisas quero pedir:
Uma é um mal de amores
Para quando tornar a vir.

Aqui finda-se, e, pela rua, de uma casa para outra, vão cantando improvisos, como este, que pudemos colher:

No jardim das ricas flores
Vi uma rola cantando;
A rolinha abria o bico
O perfume respirando...

SÍLVIO ROMERO

70
Os Mouros
(Sergipe)

Mar e Guerra: Atraca, atraca, atraca,
Atraca com chibança;
Olhem que os inimigos
Andam conosco em lembrança.

Patrão: Alerta! Que gente é esta?
Nesta bulha não posso dormir!...
Estava lá no meu quarto,
Lá me foram consumir.

Todos: Olhem que grande peleja
Temos nós que pelejar,
Se for o rei da Turquia,
Se não quiser se entregar!
Trabalharemos com gosto
Para nossa espada amolar;
Se for o rei da Turquia
Sei não quiser se entregar.

Chegam os mouros e são intimados para renderem-se.

Mar e Guerra: Entreguem-se, mouros,
À santa religião,
Que dentro desta nau,
Temos ferros no porão.

Rei mouro: Eu não me entrego, nem pretendo
No meio de tanta gente;
Somos filhos da Turquia,
Temos fama de valentes.

CANTOS POPULARES DO BRASIL

Mar e Guerra: Entreguem-se, mouros,
Não se ponham a brigar,
Que no fio desta espada
Todos hão de se acabar.

Rei mouro: Eu não me entrego, nem pretendo
No meio de tanta gente;
Somos filhos da Turquia,
Temos fama de valentes.

Trava-se a luta mais forte: os mouros são derrotados, seu rei é preso: eles se entregam.

Mouros: Olhem, olhem que desgraça
Nos havia de chegar!
Que nós sendo tão valentes,
Sempre nos ter de entregar!

Segue-se o batismo dos mouros.

Capelão: Eu vos batizo, mouros,
Na santa religião,
Fazendo de vós brutos,
Fazendo de vós cristãos.

Depois da vitória, os nossos vão à terra, onde o piloto se entrega com o patrão, e este o fere. É chamado o capelão para confessar o moribundo, que era seu próprio filho.

Piloto: Olhem que estocada
Me deu o mestre patrão!
Com esta sua bengala
Traspassou meu coração!

Mandem chamar o capelão
Que me venha confessar;
Que a ferida é mortal,
Desta, não ei de escapar.

Capelão: O que tendes, meu rico filho,
Filho do meu coração?
Dai-me um par de pistolas
Que eu a vida irei vingar-te...

Todos: Senhor padre capelão,
Outro modo de viver;
Não se fie nas orações,
Que também há de morrer.

Capelão: Eu não me fio nelas,
Nem delas eu faço conta;
Dai-me um par de pistolas
Que a vida te irei vingar.

Retira-se o capelão.

Piloto: Mandem chamar o surjão,[63]
Que venha me curar,
Que a ferida é mortal,
Desta, não ei de escapar.

Cirurgião: Desgraça minha
Hoje aqui neste lugar;
Se a vida eu não te der
Nos ferros quero acabar.
Mas eu não faço cura
Sem o meu chefe não ver;

---

[63] Transformação popular de *cirurgião*.

CANTOS POPULARES DO BRASIL

Que esta tua ferida
Corpo delito há de ter.

O cirurgião, enquanto não chegam o Mar e Guerra e outros para tomarem conhecimento do crime, manda buscar os medicamentos.

Cirurgião: Vem cá, Laurindo,
Vai depressa na botica,
Vai com todo o cuidado,
Traz de lá a medicina.
Laurindo: Aqui tem, meu rico amo,
E também belo senhor,
Aqui tem a medicina,
Saiu toda a seu favor.
Cirurgião: Unguento novo
Boto na tua ferida,
Balsamo cheiroso
É com que darei te a vida.

O piloto vai melhorando e se restabelece.

Piloto: Graças aos céus
De todo meu coração,
Que já estou livre da morte
Bailando neste cordão.

Por este tempo vem o Mar e Guerra e os seus adjuntos, e mandam prender o piloto.

Patrão: Pela pureza de Maria,
Pelos santos do altar,

SÍLVIO ROMERO

Que hoje é dia de festejo,
Não costumam castigar.

O patrão, não sendo atendido, foi-se valendo de todos os circuns-
tantes, um por um, para o soltarem. Ninguém o atendendo ainda, ele
valeu-se de toda a marajuda que se prostou nos pés do Mar e Guerra,
que, afinal, o mandou soltar.

Patrão: Graças aos céus
De todo meu coração,
Que já estou livre dos ferros,
Bailando neste cordão.

Acabado o que, todos vão se retirando de casa, fingindo ser maru-
jada que cai a terra vender contrabando.

Marujos: Cheguem, senhores mercantes,
O seu preço, venham dar;
Que a fazenda é muito fina,
Para os senhores trajar.
Mercantes: Dou-lhe vinte e um cruzados
Pela fazenda real;
Se não me quiser vender,
Vou dar parte ao general:
"Saberá vossa excelência,
E também, meu general,
Que os seus dois guardas marinhas
Fazem negócio para mal."

Tomam a rua, onde vão cantando improvisos e versos populares.

71
O José do Vale
(Sergipe)

– Minha mãe, assuba,
Fale como gente;
Assuba a palácio,
Fale ao presidente.
Pegue na cabocla,
Dê-lhe com bordão,
Que ela foi a causa
Da minha prisão.
A minha prisão
Foi ao meio dia,
Nas casas estranhas
Com grande agonia.
Morto à fome,
Morto à sede,
Só me sustentava
Em caninha verde.
– Dona, por aqui?
Grande novidade...
"Vim soltar um preso
Cá nesta cidade...
Senhor presidente,
Que dinheiro vale?
Tenho duzentos contos
Por José do Vale."
– Dona, vá-se embora,
Que eu não solto, não;
Que seu filho é mau,

Tem ruim coração;
Matou muita gente
Lá nesse sertão;
Da minha justiça
Não faz conta, não.
"Tenho meu lacaio
De minha estimação,
Para seu presidente
Não tem preço, não.
Senhor presidente,
Pelo incontinente
Solte Zé do Vale,
Pelo Sacramento!
Senhor Presidente,
Não abra a porta, não;
Se eu cair na rua,
Faço escalação..."[64]
– Minha mãe, vá-se embora,
Deixe de cegueira,
Que eu ei de ser solto
No Rio de Janeiro.
Quem tiver seu filho
Dê-lhe ensinamento,
Para nunca passar
Dor de coração;
Quem tiver seu filho
Dê-lhe todo o dia,
Ao depois não passe
Dores de agonia.

---

[64] Desordem com resistência, ferimentos.

CANTOS POPULARES DO BRASIL

Adeus, minha mãezinha,
Mãe do coração;
Dê lembrança à Aninha,
E a meu mano João;
Mana, vá-se embora,
Guarde o seu dinheiro,
Que eu vou me soltar
No Rio de Janeiro.

72
O Bumba, meu Boi
(Sergipe)

Olha o boi, olha o boi
　　Que te dá;
Ora, entra para dentro,
　　Meu boi marruá![65]
Olha o boi, olha o boi
　　Que te dá;
Ora, ao dono da casa
　　Tu vais festejar.
Olha o boi, olha o boi
　　Que te dá;
Ora, sai da catinga,[66]
　　Meu boi malabar.
Olha o boi, olha o boi
　　Que te dá;

---

[65] Touro valente e robusto, o primeiro da boiada.
[66] *Cão-tinga,* mato ralo. (Mart.).

SÍLVIO ROMERO

Ora, espalha este povo,
Meu boi marruá.
Olha o boi, olha o boi
Que te dá;
Ora, dá no vaqueiro,
Meu boi guadimar.

73
Versos das Tayêras e Congos
(Sergipe)

Virgem do Rosário,
Oh! Senhora do mundo,
Dá-me um coco de água,
Se não vou ao fundo.
"Indêré, rê, rê, rê,
Ai Jesus de Nazaré...
Virgem do Rosário,
Oh! Senhora do Norte,
Dá-me um coco de água
Se não vou ao pote.
Indêré, rê, rê, rê,
Ai Jesus de Nazaré!...
Virgem do Rosário,
Soberana Maria,
Hoje este dia
É de nossa alegria.
. . . .

* * *

Meu São Benedito,
É santo de preto;
Ele bebe garapa,
Ele ronca no peito.

. . . .

Meu São Benedito
Não tem mais coroa;
Tem uma toalha
Vinda de Lisboa.

. . . .

Meu São Benedito,
Venho lhe pedir
Pelo amor de Deus
Para tocar cucumbi.[67]
Meu São Benedito,
Foi do mar que vieste;
Domingo chegaste,
Que milagre fizeste!
Fogo de terra,
Fogo do mar;
Que a nossa Rainha[68]
Nos há de ajudar.

. . . .

Arriba, arriba,
Tabaqueiro,
Que a nossa Rainha
Tem muito dinheiro.

---

[67] Instrumento africano.

[68] Chama-se *Rainha* a uma negra preparada e de coroa, que acompanha, no meio de mais duas outras, a procissão de São Benedito, no Lagarto. Chama-se também *Rainha mestra*, por oposição às outras duas que também recebem o nome de rainhas.

74
O Antônio Geraldo
(Sergipe)

Seu Antonho Geraldo,[69]
    Assim mêm'é;[70]
O seu boi morreu,
    Assim mêm'é;
Que há de se fazer?
    Assim mêm'é;
É tirar o couro
    Assim mêm'é;
Para siá[71] Michaela,
    Assim mêm'é...
E Brisda[72] Amarela;
    Assim mêm'é.[73]
Vou fazer um peso
Para amigos meus,
Para Wenceslau
E José Mateus.
Nosso corredor
É do professor,
Saiba repartir
Com seu promotor.
Eu peguei nos rins,
Me esqueci da banha!

---

[69] Por *Senhor Antônio Geraldo*, homem inculto da cidade da Estância (em Sergipe) que é o herói desta rapsódia.

[70] Mesmo é.

[71] Por Sinhá ou Senhora.

[72] Por Brígida.

[73] A cada verso, repete-se sempre este estribilho.

CANTOS POPULARES DO BRASIL

São para Manoel Ivo
E Chico Piranha.
A *chan* de dentro
É de seu João Bento,
A *chan* de fora
De Domingos da Hora.
Mocotó da mão
É de Manoel Romão;
Mocotó do pé
É do padre José;
A passarinha[74]
É de sinhá Nauzinha,
Saiba repartir
Com Tia Anna Pibinha.
O figo[75] do Boi
Foi para sarandage,[76]
O resto que ficou
Foi para priquitage.[77]
Sinhá Nenên abra a porta
Com sentido nos pratos,
Que a gente é muita
Para comprar o fato.
A tripa gaiteira
É de Maria Vieira,
A tripa mais grossa
De Chico da Rocha.

---

[74] O baço.

[75] Fígado.

[76] A canalha.

[77] Chama-se assim a família de uns ferreiros que existem no Lagarto, espécies de ciganos, que depois os filhos vão herdando o mesmo ofício. Seu maioral nos últimos cinquenta anos é o *Evaristo- -Boi*, varão popular naquelas paragens.

SÍLVIO ROMERO

O menino Esculapio
É menino sabido;
Para ele e Caetano
Só ficou o ouvido.[78]

75
Versos de Chiba
(Rio de Janeiro)

Minha gente, folguem, folguem,
Que uma noite não é nada;
Se não dormires agora
Dormirás de madrugada.

O senhor dono da casa
Mande vir a aguardente,
Que senão eu vou-me embora,
Levo toda a minha gente.

Minha gente não *inore*
Este meu cantar baixão,
Que estou com o peito serrado
Do malvado catarrão.

Senhora, minha senhora
Da minha veneração,
Cachaça custa dinheiro,
Água tem no ribeirão.

Tenho minha viola nova
Feita de pau de colher
Para mim dançar com ela,
Já que não tenho mulher.

---

[78] Neste gosto vai-se dividindo o boi, e dando a cada um o seu pedaço; tudo isso debaixo de muita pilheria e gargalhadas.

CANTOS POPULARES DO BRASIL

Esta viola não é minha,
Se eu a quiser minha será;
Se eu fizer intento nela,
Meu dinheiro a pagará!
Tenho minha viola nova
Com seu buraco no meio;
Para amor deste buraco
Mataram meu companheiro.
Na Vila de Pracatú
A mulher matou o marido,
Cuidando que era tatú.
Na Vila de Sabará
A mulher matou o marido
Pensando que era gambá.
Chocolate, café, berimbau,
Uma correia na ponta de um pau
Nas suas cadeiras não era mão!

76
Os marujos
(Pernambuco)

Que triste vida
Que é a do marujo!
Quando não está bêbado
Anda roto e sujo.
De bordo a bombordo
Ê, ê, ê, ê…
Na borda do mar. *(bis)*
Arreia o bote
E vai à taverna,

SÍLVIO ROMERO

Pede ao patrão
Que lhe encha a lanterna...
    De bordo a bombordo
    Ê, ê, ê, ê...
    Na borda do mar. *(bis)*
Depois do gornopio
Chupa a laranja,
Cai de uma vez
E perde a fragranja...
    De bordo a bombordo
    Ê, ê, ê, ê...
    Na borda do mar. *(bis)*
De proa à popa
Correndo se vê
Um pobre marujo
Implorando mercê...
    De bordo a bombordo
    Ê, ê, ê, ê...
    Na borda do mar. *(bis)*

77
Pastorinhas do Natal
(Fragmento de Pernambuco)

Vinde, pastorinhas,
Vamos a Belém,
A ver se é nascido
Jesus, nosso bem.
Capelinha de melão
É de São João;
É de cravos, é de rosas,

CANTOS POPULARES DO BRASIL

É de manjericão.
Adeus, pastorinhas,
Adeus, que eu me vou;
Até para o ano,
Se nós vivos for...

78
Chiba do Boi
(Rio de Janeiro)

Levanta-te, meu boi,
Vamo-nos embora,
Que a viagem é longa,
Daqui para fora.
O meu boi de Minas,
Como boi primeiro,
Com a festa do povo
Dança de pandeiro.
O meu boi de Minas
Era um valentão,
Chegando ao Capinha
Derrubou no chão.
O meu boi valente
É de coração;
Dança no escuro
Sem um lampião.
Aqui estou esperando
Bem de coração
A sua resposta,
Oh! Seu capitão.

79
Auto popular do Cavalo-marinho e Bumba, meu boi
(Pernambuco)

CENA I

O Cavalo marinho, a dançar, e o Coro.

Coro – Cavalo-marinho
Vem se apresentar,
A pedir licença
Para dançar.
Cavalo-marinho,
Por tua tenção,
Faz uma mesura
A seu capitão.
Cavalo-marinho
Dança muito bem;
Pode-se chamar
Maricas meu bem.
Cavalo-marinho
Dança bem baiano;
Bem parece ser
Um pernambucano.
Cavalo-marinho
Vai para a escola
Aprender a ler
E a tocar viola.
Cavalo-marinho
Sabe conviver;
Dança o teu balanço

Que eu quero ver.
Cavalo-marinho,
Dança no terreiro;
Que o dono da casa
Tem muito dinheiro.
Cavalo-marinho,
Dança na calçada;
Que o dono da casa
Tem galinha assada.
Cavalo-marinho,
Você já dançou;
Mas, porém, lá vai,
Tome que eu lhe dou.
Cavalo-marinho,
Vamo-nos embora;
Faze uma mesura
À tua senhora.
Cavalo-marinho,
Por tua mercê,
Manda vir o boi
Para o povo ver.

CENA II

O Amo, o Arlequim, o Mateus, o Boi, o Coro, o Sebastião e o Fidelis.

Amo – Ó arlequim,
Ó pecados meus,
Vai chamar Fidelis,
E também Mateus.
Ó meu arlequim,

Vai chamar Mateus,
Venha com o boi
E os companheiros seus.

Arlequim – Ó Mateus, vem cá,
Sinhô está chamando;
Traze o teu boi,
E venhas dançando.
Só achei o Mateus,
Não achei Fidelis;
Bem se diz que negro
Não tem dó da pele.

Amo – Ó Mateus, cadê o boi?

Mateus – Olá, olá, olá,
Boio tá para cá,
Boio tá para cá...
Se minha boio chegou
Eu tá aqui;
E que foi esse
Por aqui?
Ó meu sinhô,
Cadê o Bastião,
Cadê o Fidére?
Para onde foram?
Venham cá vocês (para o Coro)
E também o boio.

Entra o Boi.

Coro – Vem, meu boi lavrado,
Vem fazer bravura,
Vem dançar bonito,
Vem fazer mesura.

CANTOS POPULARES DO BRASIL

Vem fazer mistérios,
Vem fazer beleza;
Vem mostrar o que sabes
Pela natureza.
Vem dançar, meu boi,
Brinca no terreiro;
Que o dono da casa
Tem muito dinheiro.
Este boi bonito
Não deve morrer;
Porque só nasceu
Para conviver.

Mateus – Ó boio, dares de banda,
Xipaia essa gente,
Dares para trás,
E dares para frente...
Vem mais para embaixo,
Roxando no chão
E dá no pai Fidére,
Xipanta Bastião...
Vem para meu bando
Bem difacarina,
Vai metendo a testa
No Cavalo-marina.
Ô, ô, meu boio,
Desce dessa casa,
Dança bem bonito
No meio da praça...
Toca essa viola,
Pondo bem miúdo;
Minha boio sabe
Dança bem graúdo.

209

SÍLVIO ROMERO

Coro – Toca bem esta viola
No baiano gemedor,
Que o Mateus e o Fidelis
São dois cabras dançador.
No passo da juriti,
Tico-tico, rouxinol,
Se Fidelis dança bem,
O Mateus dança melhor.
O tocador da viola
Tem os olhos muito esperto,
O som da sua viola
Parece-me um céu aberto.
Eu quero boa viola
Para fazer toda a festa,
O bom pandeiro concerta
O samba na Floresta.
Eu fui dos que nasci
Na maré dos caranguejos,
Quanto mais carinhos faço,
Mais desprezado me vejo.
Como sou filho de povo,
Tenho o dom da natureza;
Não sou feliz, mas bem passo
Com toda a minha pobreza.
Dança o boi, dança Mateus,
Dançam todos os vaqueiros;
Dançam que hoje nós temos
Grande festa no terreiro.

Mateus – Para, para, para!
Quero dizer um recado:
– Boio dançou, dançou,
Mas agora tá deitado!

CANTOS POPULARES DO BRASIL

Sebastião – Ah! Parceiro meu,
Boio de sinhô morreu...
Mateus – Até embora, bobo,
O boio divertiu muito,
Agora ficou cansado;
Toca bico do ferrão,
Para tu vê como revira
E te dá no chão.

CENA III

Os mesmos, o doutor, capitão do mato, dona Frigideira, Catarina, e o padre; caído o boi, foge Fidelis, chama-se um capitão ao campo para o prender, e um doutor para curar o boi; aparece um padre para fazer o casamento de Catarina.

Mateus – Meu boi morreu!
Que será de mim?
Manda buscar outro
Lá no Piaui.
Amo – Ó Mateus, cadê o boi?
Mateus – Sinhô, o boi morreu...

Sai o Mateus espancado pelo amo.

Amo – Ó Mateus, vá chamar
O doutor para curar
O meu rico boi:
Quer saber do Fidelis
Para onde foi.

Ó Sebastião, vá a toda a pressa,
Chame o capitão do mato,
Dê as providências,
Que traga o Fidelis
Na minha presença.

*Chegando, o doutor ajusta com o Amo a cura do boi; chegam
dona Frigideira e Catarina, e Sebastião quer casar com esta; aparece
o padre para este fim.*

Padre – Quem me ver estar dançando
Não julgue que estou louco;
Não sou padre, não sou nada;
Singular sou como os outros.

Coro – Ó gente, que quer dizer
Um padre nesta função?
É sinal de casamento,
Ou de alguma confissão.

Padre – Bula bem na prima,
Bata no bordão;
Leva arriba a função,
Não se acabe não.

Doutor para Mateus – Ó negro, teu desaforo
Já chegou aonde foi;
Quando tu me chamares
E para gente e não para boi.

Mateus – Ah! Uê, ah! uê!
Troco miúdo
Tu vai receber.

O capitão do campo dá com o Fidelis e vai prendê-lo.

CANTOS POPULARES DO BRASIL

Capitão – Eu te atiro, negro,
Eu te amarro, ladrão,
Eu te acabo, cão.

O Fidelis vai sobre o capitão e o amarra.

Coro – Capitão de campo,
Veja que o mundo virou,
Foi ao mato pegar negro
Mas o negro lhe amarrou.
Capitão – Sou valente afamado,
Como eu pode não haver;
Qualquer susto que me fazem
Logo me ponho a correr.

Finda-se aqui a função, saindo todos a cantar.

80
Quadras de Chiba
(Rio de Janeiro)

Fui no mato tirar coco,
Tirei coco de indaiá
Para quebrar no dentinho
De minha amante iaiá.

Não quero ser conde de Arcos,
Nem tenente-general;
Só quero me ver nos braços
De minha amante iaiá.

SÍLVIO ROMERO

Seja muito bem chegada
A senhora arquiduquesa;
Ainda o céu me deixou vivo
Para gozar desta beleza.

Novos ares, novos climas
Bem longe vou respirar;
Lá mesmo serei ditoso,
Se meu bem nunca mudar.

Esta noite, meia-noite
Ouvi cantar um gavião,
Parecia que dizia:
– Vinde cá, meu coração.

Oh! Que moça tão bonita,
Que parece meu amor,
Com seu corpinho de pena,
Seu ramalhete de flor.

Cana verde, cana seca,
Cana do canavial,
Tenho pena de te ver,
Pena de não te gozar.

Maria, minha Maria,
Minha flor de melancia,
Um suspiro que eu te dou
Te sustenta todo o dia.

CANTOS POPULARES DO BRASIL

Já lá vem amanhecendo,
As folhas tremem com o vento;
Meu amor que já não vem
É que está fechado dentro.

Minha Maria, o tempo corre
Perguntando à natureza,
A nossa paixão gozemos,
Que o tempo murcha a beleza.

Quem possui um bem que adora
Não tem mais que desejar;
Se ele cumpre o juramento,
Não tem mais que suspirar.

Aprendei a temperar
Que o tocar não tem ciência;
A ciência do amor
É fazer a diligência.

Terceira série

Versos gerais

ORIGENS: DO PORTUGUÊS E DO MESTIÇO;
TRANSFORMAÇÕES PELO MESTIÇO

81
Jurejure
(Sergipe)

Jurejure fez seu ninho
Na fulor[79] do matapasto.[80]
Com o bico pediu um beijo,
Com as asinhas um abraço.

---
[79] *Fulor, fulô,* flor.
[80] *Cássia serica.*

De que me serve um abraço?
Boquinha que gosto tem?
São afetos de quem ama,
Carinhos de quem quer bem.

82
A flor da murta
(Sergipe)

Eu fui a *fulô* da murta,
Daquela que cai no chão;
Quantos mais carinhos faço,
Mais desenganos me dão.

De que me serve dizer
A dor de meu coração?
– A quem descubro este peito,
Não me dá consolo, não.

83
Sol posto
(Sergipe)

Quando rompe o claro dia,
Magino[81] na triste tarde;
Lembro[82] de quem anda ausente,
Redobra maior saudade.

---

[81] Imagino, penso.
[82] Lembro-me.

CANTOS POPULARES DO BRASIL

Cresce o dia, o sol aponta,
Põe-se em pino e vai-se a aurora;
Eu certifico a lembrança,
Imagino em quem foi-se embora.

Sol posto que vive ausente,
Amor do meu coração,
Leva-me longe da vista,
Porém do sentido[83] não.

Sol posto, que vive ausente,
Teu amor não se acabou;
Ainda agora está mais firme
Do que quando começou.

Tudo quanto é verde seca,
Água corrente se acaba;
Amor firme não se deixa,
Quem ama nunca se enfada.

84
Veja com quem quer ficar
[Sergipe]

Em uma arvore apanhei um verde,
No olho[84] uma folha seca;
Pelos desmanchos de amores
Não falta quem não se meta.

---

[83] Ideia.
[84] Broto e extremidade das plantas.

SÍLVIO ROMERO

Árvore solene e copuda,[85]
Amparo de um bem querer,
Procurei a tua sombra,
Não me deixes padecer.

Maço de verde e maduro,
Que é verdura todo o ano,
Eu vivo em uma esperança,
Não me dês o desengano.

Coração que a dois ama,
E que a dois quer agradar,
Não ande enganando os outros,
Veja com quem quer ficar.

85
Vai-te, carta absoluta
(Sergipe)

Vai-te, carta absoluta,
Ver que[86] a fortuna te acode,
Vai visitar a meu bem,
Já que meu corpo não pode.

Vai-te, carta amorosa,
Aos pés daquele jasmim;
Ajoelha, pede licença,
Dá-lhe um abraço por mim.

---

[85] Copada.
[86] Por si.

Cantos populares do Brasil

Meu coração já é teu,
E o teu de quem será?
Só desejava saber
Para direito te amar.

Quando vai chegando a tarde
E meus olhos não te vê,
Só me pede o coração
Que eu chore até morrer.

Passando eu pelas ruas
Teu nome não posso ouvir;
Tenho ciúme das flores
Que nos teus pés vejo abrir.

Há três dias que não como,
Há quatro que não almoço;
Por falta de teus carinhos
Quero comer, mas não posso.

86
Meu cravo, meu diamante
(Sergipe)

Meu cravo, meu diamante,
Meu relógio, meu cordão,
Tu foste a primeira chave
Que abriu meu coração.

SÍLVIO ROMERO

Alecrim verde é firmeza,
Que de meu peito nasceu;
Achará muito quem te ame,
Mas não firme como eu.

Alecrim verde se chama
Uma esperança perdida;
Quem não logra o que deseja,
Antes morrer, não ter vida.

87
Lá no céu tem uma estrela
(Sergipe)

Lá no céu tem uma estrela
Com relógio de ouro dentro,
Muito custa a se achar
Amor firme neste tempo.

Quando passares por mim
Bota a vista pelo chão;
Mode[87] nós andar de amores
O mundo dizer que não.

Quando passares na rua,
Escarra e cospe no chão,
Que estou lá dentro cosendo,
Não sei se passas ou não.

---

[87] *Para;* também, às vezes, *por causa;* resto da locução *por amor de.*

CANTOS POPULARES DO BRASIL

Quando passares por mim
Fazei o semblante triste,
Nega, feliz da minha alma,
Nega que nunca me viste.

88
Raios do sol
(Sergipe)

Benzinho, se eu pudesse
Fazia o dia maior;
Dava um nó na fita verde,
Prendia os raios do sol.

Prendia os raios do sol
Com uma fita encarnada;
Quem souber do meu amor,
Cale-se e não diga nada.

O sol quando nasce é rei,
Ao meio dia morgado;
À tarde é esfalecido,[88]
E à noite é sepultado.

Benzinho, se te contaras
A mágoa que me consome,
Somente de imaginar
Que você é de outro nome!...

[88] Falecido.

SÍLVIO ROMERO

O sol prometeu à lua
De dar-lhe um ramo de flor;
Quando o sol promete prendas,
Quanto mais quem tem amor!

89
À tarde
(Sergipe)

Se vires a tarde triste
E o ar a querer chover,
Dizes que são os meus olhos
Que choram por não te ver.

Naquela noite saudosa
Quando de ti me apartei,
Cem passos não eram dados
Quando sem alma fiquei.

90
O cravo
(Sergipe)

Lagrimas são que eu almoço,
Janto suspiros e dor;
À tarde merendo ais,
De noite ausências de amor.

Cravo, eu não sei como vivo,
Como trago o sentido;
Em imaginar tua ausência
Trago o juízo perdido.

CANTOS POPULARES DO BRASIL

Adeus, querido das flores,
Adeus das flores querido,
Não te trato pelo nome
Para não ser conhecido.

91
A flor da lima
(Sergipe)

A *fulor* da lima é branca,
É branca e muito cheirosa;
Eu te amo por despique
Para matar as invejosas.

A *fulor* da lima exprime
Todo o afeto de um semblante;
Quando eu a tenho entre os dedos
Julgo abraçar meu amante.

92
O cravo branco
(Sergipe)

Cravo branco, luz do dia,
Jasmim de minha alegria,
Quem me dera morar perto
Para te ver todo o dia.

Cravo do meu craveiro
Quando me vê esmorece;
Quem de meu corpo não trata
De meu amor não carece.

Quem tem cravo na janela
É certo que quer vender;
Quem tem seu amor defronte
A cada passo quer ver.

Botei o cravo na telha
Para Maria cheirar;
Maria foi tão ingrata...
Deixou o cravo murchar.

Botei terra na algibeira
Para plantar cravo roxo
Para nunca me esquecer
Das feições deste teu rosto.

O meu pé de craveiro
Bota cravos diferentes;
Não te mostro mais agrado,
Mode a língua desta gente.

93
O Cravo e a Rosa
(Sergipe)

O cravo tem vinte folhas,
A rosa tem vinte e uma,
Anda o cravo em demanda
Porque a rosa tem mais uma.

CANTOS POPULARES DO BRASIL

O cravo brigou com a rosa
Debaixo de uma sacada;
O cravo saiu ferido,
E a rosa espinicada.

Viva o cravo, viva a rosa,
Viva o palácio do rei;
Viva o primeiro amor
Que nesta terra tomei!

O cravo caiu doente,
A rosa o foi visitar;
O cravo deu um desmaio,
A rosa pôs-se a chorar.

94
A folhinha da Pimenta
(Sergipe)

A folhinha da pimenta
Bole-a o sol, e bole-a o vento;
Meu amor, que não vem ver-me,
Ou não pode, ou não tem tempo.

Se ele me quisesse bem
Na raiz do coração,
Bem podia vir me ver,
Que as noites bem grandes são.

95
A arruda
(Sergipe)

A arruda como discreta
Mudou-se para o deserto;
Como há de me querer bem,
Se lá tem outra mais perto!

Manjericão é veneno,
Arruda contra peçonha;
O branco que beija negro
É porco, não tem vergonha.

96
Sobrancelhas arqueadas
(Sergipe)

Sobrancelhas arqueadas,
Olhos do sol quando nasce,
Boca pequena e bem feita,
Foi com que tu me mataste.

Sobrancelhas arqueadas,
Olhos que roubam a vida,
Esta feição de teu rosto
Faz a minha alma perdida.

CANTOS POPULARES DO BRASIL

Olhos pretos matadores,
Cara cheia de alegria,
Um beijo da tua boca
Me sustenta todo o dia.

97
A garça
(Sergipe)

Lá vai a garça voando
Com as penas que Deus lhe deu,
Contando pena por pena...
Mais penas padeço eu!

Lá vai a garça voando
Lá para a banda do sertão;
Leva Maria no bico,
Tereza no coração.

A garça pôs o pé na água,
O bico para beber;
Não quero que ninguém saiba
Que meu amor é você.

Lá vai a garça voando
Com uma corrente no pé;
Mal fim tenha todo o homem
Que não quer bem a mulher.

98
A laranja de madura...
(Sergipe)

A laranja de madura
Caiu na água e foi ao fundo;
Como você quer que lhe ame,
Se você é de todo mundo?

Fui à fonte beber água
Por baixo de uma ramada, .
Fui para ver meus amores,
Que a sede não era nada.

Fui ao mato caçar frutas,
Não achei senão cajá;
Foi para tirar o fastio
De minha amante iaiá.

Menina, quando te vejo
Por detrás destas cadeiras,
Desejo plantar mandiocas
E assentar bolandeiras.

99
Eu vos mando um coração
(Sergipe)

Eu vos mando um coração
Partido em quatro pedaços,
Meio vivo, meio morto,
Para acabar nos teus braços.

CANTOS POPULARES DO BRASIL

Dos teus braços para dentro
Não admito a ninguém;
Espera, tem paciência,
Que eu mesmo serei teu bem.

Não me deito no teu colo,
Porque outro se deitou;
Se me fazes por acinte,
Meu coração te deixou.

Eu pisei na cana verde,
Cana verde me ringiu;[89]
Quando eu quis tomar amores
Todo o mundo pressentiu.

Eu pisei na cana verde,
Meu amor na lealdade;
Não posso mostrar firmezas
Onde há pouca vontade...

Dentro do meu peito tem
Dois engenhos de marfim;
Quando um anda, outro desanda
Quem quer bem não faz assim.

Dentro de meu peito tem
Duas tesouras sem eixo;
Ainda me vendo em desprezo,
Meu amor, eu não te deixo.

---

[89] Rangeu.

SÍLVIO ROMERO

Dentro de meu peito tem
Duas pombinhas encanando;[90]
Uma voou, foi-se embora,
A outra ficou penando.

Dentro de meu peito tem
Um cravo sobredourado,
Coberto de água fria
Que eu por ti tenho chorado.

Dentro de meu peito tem
Uma chave de marfim;
Dentro dele hás de achar
Um amor que não tem fim.

Dentro de meu peito tem
Uma fita com três laços;
Aceite lembranças minhas,
Um suspiro e dois abraços.

Um suspiro e dois abraços,
Pois quem lhe manda sou eu;
Também mando perguntar
Se de mim já se esqueceu...

Se de mim já se esqueceu,
Pena tenho de sentir;
Porque por lá deve achar
Amor com que divertir.

---

[90] Começando a criar penas.

100
Tenho cinco chapéus finos
(Sergipe)

Tenho cinco chapéus finos,
Todos cinco agaloados;
Tenho cinco amores novos,
Um firme e quatro enganados.

No tempo em que eu te amei
Não amei a mais ninguém;
Amei a sete e a oito,
Nove contigo, meu bem.

Benzinho, viva ciente,
Descanse seu coração
De eu ter amores na vida
A você e a outros mais não.

101
Você diz que amor não dói?
(Sergipe)

Você diz que amor não dói?
Dói dentro do coração;
Queira bem e viva ausente,
Veja lá se dói, ou não.

SÍLVIO ROMERO

Quando eu de ti me apartei,
Disfarcei o que podia
Para não dar a conhecer
As penas que padecia.

Quando eu de ti me apartei,
Logo no primeiro dia
Meu peito cobri de luto,
Não tive mais alegria.

Botei o preto por luto,
O branco por bizarria,
O verde por esperança
De te lograr algum dia.

Querer bem não é bom, não,
Porque faz enlouquecer;
Por dentro gera feridas,
Por fora meu bem não vê.

102
Quero bem, porém não digo
(Sergipe)

Quero bem, porém não digo,
Trago o amor dividido;
Eu ando por toda a parte,
Só em ti trago o sentido.

Cantos populares do Brasil

Vai-se a tarde, vem o dia,
Eu só de ti me lembrando...
Faço a cama em suspiros,
Quando me deito é chorando.

Quando chega a triste noite
Que eu não vejo o meu benzinho,
Vou-me deitar soluçando,
Ausente do seu carinho.

Suspiros que vão e voltam,
Dai-me novas do meu bem;
Se ele é vivo, ou se é morto,
Ou anda em braços de alguém.

103
Fui soldado, assentei praça
(Sergipe)

Fui soldado, assentei praça
No regimento do amor;
Como assentei por meu gosto,
Nunca serei desertor.

Fui soldado, venci guerras,
Fiquei livre da batalha
Para hoje vir vencer
A princesa dona Eulalia.

Eu já fui e já cheguei,
Já hoje estou em palácio;
A sentença que eu achei,
Foi de morrer em teus braços.

104
Duas penas
(Sergipe)

Fui moço, hoje estou velho,
Morro quando Deus quiser;
Duas penas me acompanham:
Cavalo bom e mulher.

Fui rico, hoje estou pobre,
Diga o mundo o que disser;
Duas penas me acompanham:
Cavalo bom e mulher.

105
Lá vem a lua saindo
(Sergipe)

Lá vem a *luma*[91] saindo
Redonda como um botão:
Quem tem seu amor defronte,
Tem grande consolação.

---

[91] Lua.

CANTOS POPULARES DO BRASIL

Pomba avoou, meu camarada;
Avoou… que ei de fazer?
Quem de dia leva à boca,
De noite o que há de comer?

106
Cajueiro pequenino
(Sergipe)

Cajueiro pequenino
Carregadinho de flor;
Eu também sou pequenino
Carregadinho de amor.[92]

107
A Polka
(Sergipe)

Quem quiser que dance a *porca*[93]
Com seus quartos arrufados;
Os amantes gostam disto,
Ficam todos derrotados.

---

[92] O povo também diz:

Cajueiro pequenino,
Carregado de *fulo*,
Eu também sou pequenino,
Carregado de amor.

[93] Por *polka*.

SÍLVIO ROMERO

A saudade do toucinho
Fez matar a minha porca;
Choram, choram bacorinhos,
Que a sua mãe já está morta.

108
Você me fez esperar
(Sergipe)

Você me fez esperar
Lá no tope da ladeira;
Esperei, você não veio,
Meti os pés na carreira.

Você me fez esperar
Lá no pé da jurubeba;
Esperei, você não veio,
Quase que a onça me pega.

109
Tenho meu caju maduro
(Sergipe)

Tenho meu caju maduro
Roído dos passarinhos;
Quem é dono dos afetos,
Também seja dos carinhos.

. . . .

CANTOS POPULARES DO BRASIL

Por ser pequenino,
Tenho muita pena
De ter os pés chatos,
Cabeça pequena.

110
A Pulga
(Sergipe)

Vivo incomodado
Sem poder dormir,
A pegar a pulga,
E a pulga a fugir!...
E a pulga miudinha
Dos dentes de marfim
Na cintura da moça!
Quem me dera ser assim!
Pulga, eu te juro,
Te dou testemunha,
Te boto no fogo,
Menos com a unha.
Pulga, eu te juro,
Protesto vingar-me,
Que tu no meu corpo
Não hás de inflamar-me.
Pulga, eu te juro,
Te lançar na mão,
Antes que tu pules
Da cama no chão.

SÍLVIO ROMERO

Quatro, cinco noites
Acendo o lampião
Para matar a pulga
Dentro do salão.

. . . .

111
Cupido
(Sergipe)

Cupido, rei dos amantes,
Só Cupido soube amar;
Ainda depois de morto
Do amor se quis lembrar.

Topei Cupido chorando,
Perguntei se era dor;
Cupido me respondeu
Que era paixão de amor.

Topei Cupido em desprezo,
Coisa que nunca pensei!
Deitadinho pelo chão…
Até com os pés lhe pisei!

Cupido subiu ao monte
Fazendo grilhões de prata,
Para prender todo aquele
Que tem paixão por mulata.

Cantos populares do Brasil

Aquieta, Cupido, aquieta,
Não desperdices tua prata,
Que é de bem que não se prenda
Quem tem paixão por mulata.

Na escola de Cupido
Eu fui o decurião;
Aprendi mais que Cupido,
Vejam lá se sei ou não.

112
Prima Pulga
(Sergipe)

Prima Pulga está doente,
Muquirana está parida,
Meu compadre percevejo
Está de espinhela[94] caída.

Batata não tem caroço,
Bananeira não tem nó;
Pai e mãe é muito bom,
Barriga cheia é melhor.

---

[94] Assim chamam a parte inferior do *esterno*.

113
A Barata
(Sergipe)

Nada há no paraíso
Que me faça eu falar;
Não há sapo nem barata
Que me possa incomodar.

Eu vi uma barata
No capote de vovô;
Quando ela me avistou
Bateu asas e voou.

Eu vi uma barata
Com a tesoura na mão,
Cortando calças, camisas,
Vestidos de babadão.

Eu vi uma barata
Sentada fazendo renda,
E também eu vi um rato
Ser caixeiro de uma venda.

Eu vi uma barata
Sentada em uma costura,
E também eu vi um rato
De pistola na cintura.

Eu vi uma barata
Na janela namorando,

CANTOS POPULARES DO BRASIL

Vi um sapo de luneta
Pela rua passeando.

Eu vi uma barata
Na ladeira da preguiça,
E também vi um cachorro
Amarrado com linguiça.[95]

114
Paixão de amor, já te tive
(Sergipe)

Paixão de amor, já te tive,
Já fiz o que hoje não faço;
Já por ti eu dei a vida,
E hoje não dou um passo.

Hoje não dou mais um passo
Causado por teu respeito;
Porque tu me desprezaste
Por aquele certo sujeito.

Aquele certo sujeito
Bem pode se regalar,
Que eu também por cá já achei
Quem muito me sabe amar.

---

[95] Constitui um ditado popular que indica a fartura e a toleima dos tempos antigos. Quando querem dizer que um sujeito é tolo, dizem: *este é do tempo em que se amarrava cachorros com linguiças.*

SÍLVIO ROMERO

Quem muito me sabe amar
Amo muito satisfeito,
Pois o trago colocado
Cá por dentro do meu peito.

Cá por dentro do meu peito
Tu não achas mais entrada;
Procura a quem te assista,
Que eu de ti não quero nada.

115
Meu coração sabe tudo
(Sergipe)

Meu coração sabe tudo
E guarda consigo dentro,
Dissimula em quanto pode,
Falará quando for tempo.

Meu coração está trancado
Com chave de paciência;
Meu coração não se abre
Senão na tua presença.

Quem de meu peito saiu,
Saiu para divertir;
Como não foi agravado,
Quando quiser torna a vir.

CANTOS POPULARES DO BRASIL

Quem de meu peito saiu,
Meu coração se fechou;
Não venha com piedade,
Que quem saiu não entrou.

116
No correr perdi meu lenço
(Sergipe)

No correr perdi meu lenço,
No mato rompi o vestido;
Grandes tormentos padece
Quem tem amor escondido.

Quem tem amor escondido
Tem ânimo, tem coração;
Está vendo o instante que dizem
"Prenda e mate este ladrão."

Quem quer bem rompe paredes,
Salta muros ladrilhados,
Quebra janelas de vidro
Trancadas de cadeados.

Quebrem-se as grades de ferro,
Apareça o carcereiro,
Saía, meu bem, para fora,
Não padeça por dinheiro.

SÍLVIO ROMERO

117
As árvores por serem árvores
(Sergipe)

As árvores, por serem árvores,
Sentem golpes que lhe dão;
Como não queres que eu sinta
Esta tua ingratidão?

Desprezos, ingratidões
São mimos que eu tenho tido;
Por ter um bom coração,
Sofro o que tenho sofrido.

Mas, nem que andes no mundo
Com a luz alumiando,
Não hás de achar outro amor
Como o que tu vais deixando.

Hás de achar quem te engane,
Quem diga que te quer bem;
Mas para te fazer carinhos
Como eu não há ninguém.

118
Saudades que de ti tenho
(Sergipe)

Saudades que de ti tenho,
A ti mesmo ei de contar

CANTOS POPULARES DO BRASIL

Quando contigo me vir,
Se a morte não nos matar.

Se as saudades me apertarem
Eu bem sei que ei de fazer:
Meter o pé no caminho,
Suceda o que suceder...

Quando eu pensei que te tinha
Para o meu divertimento,
Achei-te tão demudado,
Fora do meu pensamento.

Já fui amada e querida,
Prenda de teu coração;
Já hoje sou vassourinha[96]
Com que tu varres o chão.

Eu já fui da tua mesa
O melhor prato de sopa;
Já hoje sou rosalgar,[97]
Veneno para tua boca.

Eu, para ver se morria,
Bebi veneno em porção;
Veneno a mim não me mata,
Quem me mata é a ingratidão.

---

[96] Planta irmã do mata-pasto, fedegoso, crista-de-galo, etc. – *Cassia ocidentalis*, compreendendo – *Cassia folcata, Cassia hirsuto, Cassia sericia*, etc.
[97] Arsênico.

SÍLVIO ROMERO

Mal fim tenha, mal fim leve
Quem meu amor me tomou,
Que até na hora da morte
Lhe falte Nosso Senhor.

Triste viva, triste ande
Quem triste me faz andar;
Que tenha tanto sossego
Como as ondas tem no mar.

119
Meu benzinho, lá vos mando
(Sergipe)

Meu benzinho, lá vos mando
Meu cabelo feito prenda;
Tenho na minha certeza
Você de mim não se lembra.

Você de mim não se lembra,
Também não posso sentir;
Foi porque você já achou
Lá com quem se divertir.

Dos cachos dos teus cabelos
Fiz anel para meu dedo;
Para te deixar tenho pena,
Para te levar tenho medo.

Nos cachos dos teus cabelos
Deitei-me para dormir;
Deitei-me no mês de março,
Acordei no mês de abril.

120
Quando eu nesta casa entrei
(Sergipe)

Quando eu nesta casa entrei
Logo por ti perguntei;
Não me deram novas tuas,
Com vergonha não chorei.

Cadê a luz de meus olhos?
Cadê esta casa cheia,[98]
Que ainda hoje não o vi
Nem na janta,[99] nem na ceia?

Cada vez que considero,
Chego na janela e digo:
Alto céu, bonita luz,
Quem me dera estar contigo!

---

[98] Assim se exprimem querendo falar da pessoa mais alegre e festiva da casa.
[99] *Janta* por jantar.

SÍLVIO ROMERO

121
Plantei manjericão na baixa
(Sergipe)

Plantei manjericão na baixa,
Alecrim pelos outeiros;
Juntou-se cheiro com cheiro...
Boa vida é dos solteiros.

Alecrim verde é cheiroso,
O seco ainda cheira mais;
Mulher que se fia em homens
Toda fica dando ais.

O amor da mulher solteira
É como o vento da tarde;
Deu o vento na roseira,
Acabou-se a lealdade.

O amor de dois solteiros
É como a flor do feijão;
Quando olham um para outro
Logo mudam de feição.

O amor quando se encontra
Causa susto e mete gosto;
Sobressalta um coração,
Muda o semblante do rosto.

122
Há dias que não te vejo
(Sergipe)

Há dias que não te vejo,
Nem de ti tenho recado,
Emprego da minha vida,
Desvelo do meu cuidado.

Não vim ontem, nem anteontem,
Benzinho, porque não pude,
Vim hoje, porque podia,
Saber de sua saúde.

Onde vai, alecrim do reino,
Meu lírio, rainha açucena,
Emprego da minha vida,
Alívio da minha pena?

123
Soube que tinhas chegado
(Sergipe)

Soube que tinhas chegado,
Minha flor de laranjeira,
Deus te queira visitar,
Que eu não posso, inda que queira.

SÍLVIO ROMERO

Oh, minha palhinha de alho,
Sentemos e conversemos;
Se o mundo falar de nós ·
Somos solteiros, casemos.

124
Cravo roxo desiderio
(Sergipe)

Cravo roxo desiderio,
Pintadinho de amarelo,
Abre a *fulor* de meu peito,
Vigia o bem que eu te quero.

Cravo roxo desiderio,
Encostado à penitência,
Sou amada e sou querida
Enquanto estou na presença.

Vai-te, carta, visitar
Aos pés daquele jardim;
Ajoelha, pede licença,
Dá-lhe um abraço por mim.

A carta pede licença,
A letra pede perdão,
Aceite, meu bem, aceite
Lembranças do coração.

CANTOS POPULARES DO BRASIL

Estes botões, que aí vão,
Todos dois vão por abrir,
Um vai cheio de saudades,
Outro para divertir.

125
Cravo branco é procurado
(Sergipe)

Cravo branco é procurado
Pelo cheiro que ele tem;
Quem tem amor tem ciúmes,
Quem tem ciúmes quer bem.

Toma esta chave verde,
E tranque nossa esperança,
E retranque bem fechado
Nosso amor com segurança.

Laranjeira é pão de choro,
Eu também quero chorar;
Pois já é chegado o tempo
De nosso amor se acabar.

Alta noite, meia-noite
Vi cantar e vi chorar;
Eram dois amantes firmes
Que queriam se apartar.

SÍLVIO ROMERO

Fui me despedir chorando
No riacho da alegria;
Tanto choravam meus olhos
Como o riacho corria.

Estrelinhas miudinhas,
Escadinhas de Cupido,
Ou matai-me aquele ingrato,
Ou tira-me do sentido.

Chuva, se não quer chover,
Deixe de estar peneirando:
Ou me amas com firmeza,
Ou me vai logo deixando.

Fui na fonte das pedrinhas,
Fui formar a minha queixa;
As pedras me responderam:
Amor firme não se deixa.

126
A lua de caminhar
(Sergipe)

A lua de caminhar
Já fez caminho seguido;
Achei amor de meu gosto,
Me pesa ser impedido.

Cantos populares do Brasil

Oh, lua que alumiais
O céu de tanta clareza!
Oh, terra que desterraste
Amor de tanta firmeza!

As estrelas do céu correm,
Eu também quero correr;
Por arenga e mexericos
Se aparta um bem querer...

As estrelas esclarecem,
A lua cobre com o véu;
Quem ama a moço solteiro
Vai direitinho para o céu.

127
Eu não quero mais amar
(Sergipe)

Eu não quero mais amar
Nem achando quem me queira;
O primeiro amor que eu tive
Botou-me sal na moleira.
Tenho um amor que me ama,
Outro que me dá dinheiro;
Tomara achar quem me diga
Qual é o amor verdadeiro?
– Se é o amor que me ama,
Ou o que me dá dinheiro?
Quem meu amor me tomou

SÍLVIO ROMERO

A mim livrou do perigo,
Levou consigo trabalhos,
Passa de ser meu amigo.
Meu Deus, quem me dá notícias
De um amor que foi meu bem?
Como ele me foi falso,
Eu vendo por um vintém.
Quem por aqui me dá novas
De um amor que já foi meu,
Que eu já tinha por perdido
E agora me apareceu?

128
Abalei o pé da roseira
(Sergipe)

Abalei o pé da roseira,
Mas não o pude arrancar;
Quem não tem bens da fortuna
Glórias não pode alcançar.
Só a ti posso afirmar
Que outro amor não ei de ter,
Se acaso eu não morrer,
Se a fortuna me ajudar.

Fui à fonte beber água,
Tive medo de um sardão;[100]
Bebi água de teu rosto,
Sangue de meu coração.

---

[100] *Lacerta-viridis.*

Cantos populares do Brasil

Fui ao pote beber água,
Topei água de sobejo;
Só cuido que estou com vida,
Benzinho, quando te vejo.

Eu te amo, minha beleza,
No que posso obedecer;
Se não for feliz contigo,
Vida mais não quero ter.
O campo verde se alegra
Quando vê o sol nascer;
Também se alegra meus olhos
Quando chegam a te ver.

Se eu soubera que tu vinhas,
Que alegrias não teria!
Mandava *barrer* a estrada
Com rosas de Alexandria.
Jura o sol e jura a lua,
Juram estrelas também,
Juram mais três testemunhas
Como eu te quero bem.

129
Gemo, suspiro e dou ais
(Sergipe)

Gemo, suspiro e dou ais,
Banzo, cuido e entristeço;
Sofro, gemo, mas não posso
Dar alívio ao que padeço.

SÍLVIO ROMERO

Me assentei na pedra verde,
Fui formar a minha queixa;
De que servem seus carinhos
Se você sempre me deixa?

130
Você diz que eu sou sua
(Sergipe)

Você diz que eu sou sua,
Você sabe e eu não sei;
O mundo dá muitas voltas,
Eu não sei de quem serei!

Quem me vir estar chorando
Não se ria, tenha dó;
Que os trabalhos deste mundo
Se fizeram para mim só.

131
A Moqueca
(Sergipe)

A moqueca para ser boa
Há de ser de camarão;
Os temperos que ela leva
São pimenta com limão.

CANTOS POPULARES DO BRASIL

A moqueca para ser boa
Há de levar bem dendê;
Nos beicinhos de iaiá
Há de queimar e doê.[101]

132
Se fores para certa terra
(Sergipe)

Se fores para certa terra
E topares certa gente,
Se por mim te perguntar,
Dize-lhe que estou doente.
Se tornar a perguntar
Qual a minha enfermidade,
Dize-lhe que mal de amores
Aumentado de saudades.
Do céu manda-me um barbeiro
Com passada diligente,
Com a lanceta na mão,
Sangrar-me que estou doente.
Barbeiro, tem compaixão
Deste pezinho de neve,
Faz a cisura pequena,
Põe a lanceta de leve.
Se a lanceta for de ouro
E as fitas de mil cor,
Fique certo, meu benzinho,
Que o meu mal é de amor.

---

[101] Por *doer*.

133
Lá em riba destes ares
(Sergipe)

Lá em riba destes ares
Ronca corisco e trovão,
Para cair em quem paga
Finezas com ingratidão.
De cobra seja mordido,
Que lhe vare o coração,
Quem costuma a pagar
Finezas com ingratidão.

134
Lá vos mando um cravo branco
(Sergipe)

Lá vos mando um cravo branco
Em um bago de jaca dura;
Lá vos mando perguntar
Se vosso amor, ainda dura.

Lá vos mando um cravo branco
Dentro de um gomo de cana;
Se tu cuidas que eu te amo
O coração bem te engana.

135
A Cachaça
(Sergipe)

Aguardente é como a morte,
Não respeita qualidade,
Não conhece velho ou moço,
Nem homem de autoridade.
Doutores, frades e padres,
Que bebem aguardente forte,
Abasta[102] beber dois *gor pes*[103]
Mudam a vista de repente;
Podem todos ficar cientes
Que aguardente é como a morte.

136
Estrelas do céu brilhante
(Sergipe)

Estrelas do céu brilhante,
Por elas peço a meu Deus,
Que me tire do sentido
Amor que nunca foi meu.

Oh que coqueiros tão altos
Com três coquinhos de prata!
Tomar amor não é nada,
O apartamento é que mata.

---

[102] Basta.
[103] Golpes.

SÍLVIO ROMERO

Oh que coqueiros tão altos
Tão custosos de subir!
Benzinho, de cá seus braços
Que eu me quero despedir.

Vamos dar a despedida
Como deu a beija-flor,[104]
Que se despediu chorando
Dos braços de seu amor.

Vamos dar a despedida
Como deu a saracura;
Bateu asas, foi-se embora;
Coisa boa não atura.[105]

137
A Coruja
(Sergipe)

A coruja é pássaro triste
Que no cantar se demora;
Quem não tem amor aqui
Que faz que não vai se embora?

Quem me dera ser coruja
Para de noite velar,
Já que de dia não posso
Os teus carinhos gozar.

---

[104] Beija-flor, na língua do povo, é feminino.
[105] *Aturar,* na linguagem popular, é *suportar* e também *durar.*

Cantos populares do Brasil

Se eu pensar de morrer
Sem teus carinhos gozar,
Ei de vir do outro mundo
Na tua porta penar.

138
Não há papel nesta vila
(Sergipe)

Não há papel nesta vila,
Nem tinta neste convento;
Não há este pássaro de pena
Que escreva tal sentimento.

Sentimentos tenho tido
De um amor que anda longe;
Para não dar ouvido ao mundo,
Fiz o coração de bronze.

Você se vai e me deixa
Nesta solidão tão triste,
Pouco tem de amante firme
Quem se vai e não me assiste.

Se eu me vou e não lhe assisto
É por outro remédio não ter;
Não padeça seu coração,
Deixe o meu só padecer.

SÍLVIO ROMERO

O papel que escrevi
Tirei das palmas da mão;
A tinta tirei dos olhos,
A pena do coração.

139
Quem me vê estar cantando
(Sergipe)

Quem me vê estar cantando
Cuidará que estou alegre?…
Meu coração está tão negro
Como tinta que se escreve.

Quem me vê estar cantando
Pensará com bem razão
Que eu ando alegre da vida,
Sabe Deus meu coração.

140
Menina, você não sabe
(Sergipe)

Menina, você não sabe
De um amor que tenho agora?
Que eu haverá de comprar
Para ser sua senhora?

Cantos populares do Brasil

Para ser minha senhora
No mundo não vejo quem;
O Deus que formou a ela
Me formou a mim também.

Indivíduo[106], tu cuidavas
Que haverás ser meu amor?
Achei um outro tão belo
Capaz de ser teu senhor.

141
O Passarinho
(Sergipe)

Menina, seu passarinho
Toda a noite eu vi piar;
Eu, como compadecido,
Tive dó do seu penar.

Menina, seu passarinho
Toda a noite me atentou;[107]
Quando foi de madrugada
Foi-se embora e me deixou

---

[106] Um dos maiores insultos que se pode fazer a um nosso homem do povo é chamá-lo *indivíduo;* isso o exaspera e o faz descer de ordinário as vias de fato.

Presenciei uma ocasião, uma luta entre um caixeiro português e um matuto em Pernambuco, luta em que, de permeio com os sopapos e cabeçadas, ouvia, distintamente, o termo indivíduo, como a suprema afronta que o nosso campônio podia jogar ao estrangeiro.

[107] *Atentar* para o povo não é só *empreender alguma coisa, dar atenção, tentar para o mal,* etc.; é também *incomodar.*

SÍLVIO ROMERO

Os passarinhos que cantam
De madrugada com frio,
Uns cantam de papo cheio,
Outros de papo vazio.

Passarinho, que cantais
No olho do dicury,
Quem por mim perdeu seu sono,
Já hoje pode dormir.

Passarinho, que cantais
No olho do manjericão;
Não estou pronta, meu benzinho,
Para sofrer ingratidão.

Passarinho, que cantais
Alegre aos pés de quem chora,
Se teu canto dá me alívio,
Não cantes mais, vai-te embora.

Eu comparo o meu viver
Com o viver dos passarinhos,
Presos nas suas gaiolas,
Assim mesmo alegrezinhos.

Passarinho, que cantais,
Repete o canto sonoro;
Uns cantam de papo cheio,
Outros cantam quando eu choro.

Cantos populares do Brasil

Passarinho preso canta
E preso deve cantar;
Como foi preso sem culpa
Canta para aliviar.

Quem se foi para tão longe
E deixou seu passarinho,
Quando vier não se anoje,
Se achar outro no ninho.

Se eu achar outro no ninho,
Ei de fazê-lo voar;
Que eu não fui fazer meu ninho
Para outro se deitar.
Passarinho do capim,
Beija-fulor da limeira,
Não há dinheiro que pague
Beijo de moça solteira.

142
Quem quer bem dorme na rua
[Sergipe]

Quem quer bem dorme na rua,
Na porta do seu amor;
Do sereno faz a cama,
Das estrelas cobertor.

Quem quer bem não tem sossego,
Vai ao quintal, vai à rua;
Quer bem as noites escuras,
Grandes queixas tem da lua.

SÍLVIO ROMERO

Perguntei à noite escura
Se o verde era leal;
Noite escura respondeu:
Quem quis bem nunca quis mal.

Inda que o fogo se apague
No lugar fica o calor;
Ainda que o amor se acabe
No coração fica a dor.

Tudo no mundo se acaba,
Nada tem a duração,
E quando o amor se ausenta,
Também se ausenta a paixão.

143
Menina, quando te fores
(Sergipe)

Menina, quando te fores,
Escreve-me do caminho;
Se não tiveres papel
Nas asas de um passarinho.

Do bico faze tinteiro,
Da língua pena aparada,
Dos dentes letras miúdas,
Dos olhos carta fechada.

144
Esta noite eu dei um ai
(Sergipe)

Esta noite eu dei um ai
Que rompeu a terra dura;
As estrelas responderam:
Grande ai de criatura.

Lá vem a lua saindo,
De verde não aparece;
Acho ser mal empregado
Amar a quem não merece.

Lá vem a lua saindo
Com três palmos de altura;
Não posso negar o bem
Que quero a tal criatura.

As estrelas do céu correm,
Eu também quero correr;
Elas correm atrás da lua,
Eu atrás do bem querer.

145
Despedida
(Sergipe)

Ver um laço desatar,
Ver uma nau despedir,
Ver dois amantes chorar,
Um ficar e outro partir...

SÍLVIO ROMERO

Ver os olhos a chorar
Os corações se abraçando;
Dois amantes se separam,
Mas sempre ficam se amando.

146
Não se encoste no craveiro
(Sergipe)

Não se encoste no craveiro
Que tem cravos para abrir;
Se encoste nestes meus braços,
Que tem sono para dormir.

O cravo caiu da torre,
Nos ares se desfolhou,
Tenha santa paciência
Quem de mim não se logrou.

Quem de mim não se logrou
De si deve se queixar,
Que já estive nos seus braços,
Não soube me aproveitar.

Nos cachos do teu cabelo
Ei de pôr a mão por pique;
Santinho, sou toda sua,
Quando quiser me penique.

147
Atirei um limão verde
(Sergipe)

Atirei um limão verde
Lá na torre de Belém;
Deu no ouro, deu na prata,
Deu no peito de meu bem.

Atirei um limão verde
Na mocinha da janela;
Ela me chamou doidinho,
Doidinho ando eu por ela.

148
Com pena peguei na pena
(Sergipe)

Com pena peguei na pena,
Com pena para te escrever;
A pena me caiu da mão
Com pena de não te ver.

O meu vestido é de pena,
Quem o fez foi o alfaiate;
Eu mesma cortei, mesma fiz,
É bom que pena me mate.

Meu benzinho de tão longe
Que vieste cá buscar?
Vieste me encher de pena,
Acabar de me matar.

149
Quem vai e não se despede
(Sergipe)

Quem vai e não se despede
É porque não quer visita,
Que a obrigação de quem parte
E dar adeus a quem fica.

Adeus, juazeiro verde,
Nascido em baixa vertente;
Adeus, boquinha de cravo,
Adeus, coração da gente.

Viva o cravo, viva a rosa,
Viva a coroa do rei;
Viva o primeiro amor
Que nesta terra tomei.

150
Adeus à Pastora
(Sergipe)

Vai-te, amada pastora,
Que as costas já vou virando,
Vai seguir o teu destino…
Adeus! Não sei até quando.

Adeus! Te digo de perto;
Adeus! Te digo chorando;
Adeus! Te digo de longe;
Adeus! Não sei até quando!

CANTOS POPULARES DO BRASIL

151
Não tenho inveja de nada
(Sergipe)

Não tenho inveja de nada,
Nem dos brasões da rainha,
Só por ter a gravidade
De me chamar mulatinha.

A cor branca é muito fina;
A parda é mais excelente;
A maior parte da gente
A cor morena se inclina...

Para ser bonita e bela,
Não preciso andar ornada;
Basta-me a cor de canela;
Não tenho inveja de nada.[108]

152
Dei um nó na fita verde
(Sergipe)

Dei um nó na fita verde,
Sacudi-te pela ponta;
Saiba Deus e todo o mundo
Que eu de ti não faço conta.

---

[108] De origem literária.

SÍLVIO ROMERO

Tu pensas que eu por ti morro,
Nem por ti ando morrendo;
Tudo isso é pouca conta
Que eu de ti ando fazendo.

Tomara já te ver morto,
Os *aribús*[109] te comendo,
Os ossos no tabuleiro
Pela rua se vendendo.

No tempo que eu te amava,
Rompia matas de espinho;
Já hoje pago a dinheiro
Para não te ver o focinho.

153
A lagoa já secou
(Sergipe)

A lagoa já secou
Onde os pombos vão beber;
Triste coisa é querer bem
A quem não sabe agradecer.

Se eu pensara quem tu eras,
Quem tu havias de ser,
Não dava meu coração
A quem não sabe agradecer.

---

[109] Urubus.

CANTOS POPULARES DO BRASIL

Coração que a dois ama,
Eu nele não tenho fé;
Eu não quero amor partido,
Pois o meu inteiro é.

154
Quem quer bem não tem vergonha
(Sergipe)

Quem quer bem não tem vergonha,
Não se lhe dá da má fama;
Quem tem juízo bem pôde
Dispensar a quem bem ama.

Quem parte, parte chorando,
Quem fica vida não tem;
Parte a alma, parte a vida
Quem chegou a querer bem.

155
Bonina sobre dourada
(Sergipe)

Bonina sobre dourada,
Rosa branca do verão;
Choro quando não te vejo,
Prenda do meu coração.

SÍLVIO ROMERO

Há dias que ando pensando
Em um adeus que ei de dar,
Foge-me o sangue das veias,
O coração do lugar.

Benzinho, quando te fores,
Antes de ir, tira-me a vida,
Já que não tenho valor
De ver a tua partida.

156
Rola parda lisonjeira
(Sergipe)

Rola parda lisonjeira
Corre a vista pelo chão,
É de estar querendo bem,
Sempre dizendo que não.

Rola parda lisonjeira,
Pescoço de vai e vem;
Quem não pode com os trabalhos
Não se meta a querer bem.

Rola parda lisonjeira,
Pescoço de imperador,
Dá-me consolo a meus males,
Já que foste o causador.

CANTOS POPULARES DO BRASIL

Rola parda, pena loura,
Ave que Deus escolheu,
Se seu amor fora firme,
Não se apartava do meu.

157
Mulher, cabeça de vento
(Sergipe)

Mulher, cabeça de vento,
Juízo mal governado,
Dizei-me o que significa
Amor de homem casado?

Quem ama a homem casado
Tem paciência de Job;
Faz cama, desmancha cama,
Sempre vem a dormir só.

158
Tanta laranja madura
(Alagoas, cidade do Penedo)

Tanta laranja madura,
Tanto limão pelo chão,
Tanto sangue derramado
Dentro do meu coração!

SÍLVIO ROMERO

A pombinha quando voa,
Bate com as asas no chão;
Sinhá Aninha quando dorme
Deita a mão no coração.

A rolinha quando voa
Deixa as penas no ninho;
Sinhá Aninha quando dorme
Deita a mão no passarinho.

Os olhos de Sinhá Aninha
São confeitos, não se vendem;
São balas com que me atiram,
Correntes com que me prendem.

Maria, na porta batem,
Maria, vai ver quem é;
É um homem pequenino
Que tem medo de *muié*.

Toda gente se admira
Do macaco andar em pé;
O macaco é como gente,
Pode andar como quiser.

Quando matares o gado,
A rabada há de ser minha,
Para fazer um guisado
E comer com Sinhá Aninha.

CANTOS POPULARES DO BRASIL

O limão é boa fruta,
Também tem seu azedume;
Também a boca me amarga
Na matéria do ciúme.

Abaixa-te, limoeiro,
Deixa tirar um limão
Para limpar uma nodoa
Que trago no coração.

159
Embarquei na Inglaterra
(Sergipe)

Embarquei na *Ingalaterra*,[110]
Avistei Cupido em França,
Disputando entre doutores:
– Quem quer bem nunca descansa.
Cupido como lá estava
E que lá me viu chegar,
Um minuto suspirou…
Perguntei-lhe com vagança
Qual era a sua lembrança?
Cupido me respondeu:
– Quem quer bem nunca descansa.[111]

---

[110] *Inglaterra.*
[111] De origem literária.

SÍLVIO ROMERO

160
Passeia, meu bem, passeia
(Sergipe)

Passeia, meu bem, passeia
Por paragens que eu te veja,
Ainda que a boca não fale,
Meu coração te festeja.

Se esta rua fora minha
Mandaria ladrilhar,
Quer de prata, quer de ouro,
Para meu bem passear.

Mandei fazer um barquinho
De pauzinhos de alecrim
Para embarcar meu benzinho
Da horta para o jardim.

161
Meu anel de pedras finas
(Sergipe)

Meu anel de pedras finas
Ninguém o tem como eu,
Para amar a quem me ama,
Desprezar a quem me deu.

Teu anel de pedras finas
Meu dinheiro me custou;
De boquinhas e abraços
Teu corpinho me pagou.

162
Eu plantei cana de soca...
(Sergipe)

Eu plantei cana de soca
Por ser a de lavrador,
Nunca vi fonte sem limo,
Nem donzela sem amor.

Pegai nestes vossos olhos,
Botai-os em um poço fundo,
Que olhos que vêm e não logram
Para que vivem no mundo?

Os peitinhos de meu bem
Não se lavam com sabão,
Mas é com água de cheiro,
Água de meu coração.

163
O candieiro
(Pernambuco)

Anda à roda candieiro,
Anda à roda sem parar;
Todo aquele que errar,
Candieiro há de ficar.
Candieiro, ô!...
Tá[112] na mão de ioiô;

---

[112] Por *está*.

SÍLVIO ROMERO

Candieiro, á!...
Tá na mão de iaiá.

. . . .

164
O moleque do surrão
(Sergipe)

Inderê, buruzuntão,
Olha o *moleque do surrão*;[113]
Inderê, buruzuntão,
Certamente vem o cão;
Inderê, buruzuntão,
Muriçoca com quiabos;
Inderê, buruzuntão,
Lagartixa com feijão;
Inderê, buruzuntão,
Certamente vem o cão!

165
Oh ciranda, oh cirandinha
(Pernambuco)

Oh ciranda, oh cirandinha,
Vamos todos cirandar;
Vamos dar a meia-volta.
Volta e meia vamos dar;
Vamos dar a volta inteira,
Cavaleiro, troque o par.

---

[113] O diabo.

CANTOS POPULARES DO BRASIL

Rua abaixo, rua acima,
Sempre com o chapéu na mão,
Namorando as casadas,
Que as solteiras minhas são.

Aqui estou na vossa porta
Feito um feixinho de lenha,
Esperando pela resposta
Que dá vossa boca venha.
Caranguejo não é peixe,
Caranguejo peixe é;
Caranguejo só é peixe
Na vazante da maré.
Dá-ri-rá-lá-lá-lá-lá.
Dá-ri-rá-lá-lá-lá-lé...
Caranguejo só é peixe
Na vazante da maré.

Atirei com o limãozinho
Na mocinha da janela;
Deu no cravo, deu na rosa,
Bateu nos peitinhos dela.

Craveiro, dá-me um cravo,
Roseira, dá-me um botão;
Menina, me dá um beijo
Que eu te dou meu coração.

Minha mãe bem que me disse
Que eu não fosse à *fonção*,[114]
Que eu tinha meu nariz torto,
Servia de mangação.

---

[114] Função, brinquedo, festa.

166
Chora, Mané, não chora…
(Pernambuco)

Chora, Mané, não chora,
Chora porque não vem
O limão…
O limão que anda na roda
É de Mané babão,
Bestalhão…
Ele vai, ele vem,
Ainda cá não chegou!…
No meio do caminho
Os *francez* o tomou…

167
Adeus, seu João Pereira
(Pernambuco)

Adeus, seu João Pereira,
Sua casaca não tem beira;
Você mora na Ribeira,
Lá no pé da mangabeira.
Não como milho,
Também feijão,
Nem esta fruta,
Que me faça indigestão.

CANTOS POPULARES DO BRASIL

168
Desafio dos capoeiras
(Pernambuco)

Não venha!...
Chapéu de lenha;
Partiu,
Caiu!...
Morreu,
Fedeu...

169
Chula
(Bahia)

Chover, chover,
Ventar, ventar...
É nos braços de Maria
Que eu me quero *calentar*.[115]
Amor, amor, amor,
Querido amor,
Este povo brasileiro
É de nosso imperador...
Todo o mundo me dizia,
Que o horizonte não saía;
O horizonte está na rua
Com prazer, com alegria.
Amor, amor, amor, etc.

---

[115] Acalentar.

170
Chula
(Pernambuco)

Lá do poço
Não como mingau,
E também sei tirar
Os cavacos de pau...
Avoa, avoa,
Se queres voar,
Os pezinhos pelo chão,
As asinhas pelo ar.
Lá do poço
Não como banana,
Eu também sei tirar
Os cavacos de banda...
Avoa, avoa, etc.

171
Eu tenho meu arco e flecha
(Rio de Janeiro)

Eu tenho meu arco e flecha
Para matar meu passarinho.
O sol na nuvem escureceu;
No mesmo instante clareou:
O fogo na água se apaga
E ele na água se aquentou.
Fora, fora, sinhá toucinheira;
Caboclo da serra, não tenho dinheiro.

CANTOS POPULARES DO BRASIL

Não quero histórias de *zambuará*;[116]
Quero, quero meu dinheiro
Para ir-me embora
Para Sabará.

172
Quadras
(Rio de Janeiro)

Meu pé de laranja branca
Carregado de batatas,
Quem quiser ver mexerico
Vá na boca das mulatas.

Atirei com o limão verde
Por cima do limoeiro;
Quem quiser ver mexerico
Vá na boca do solteiro.

Não me daí a rosa aberta,
Que está no rigor do tempo;
Me daí o botão fechado,
Que está todo o cheiro dentro.

Amarrai vossos cabelos
Com uma fita de cruzado,
Tratai de vossos amores,
De mim não tenhas cuidado.

---

[116] Voz indígena adulterada.

Quem quiser tomar amores
Há de ser com cozinheira,
Que ela tem os beiços gordos
De lamber a frigideira.

173
Na praia da Itatinga[117]
(Rio de Janeiro)

Na praia da Itatinga
Eu ia morrendo à sede,
Uma moça me deu água
No ramo da salsa verde.

Salsa verde na panela
É um tempero natural;
Quem tem seu amor mulato
Tem gosto particular.

Na outra banda do rio
Não chove, nem faz orvalho;
Se vós tendes de ser minha
Não me deis tanto trabalho.

Quando meus olhos te viram
Meu coração se alegrou;
Na corrente de teus braços
Minha alma presa ficou.

---

[117] Praia próxima a Parati, na província do Rio de Janeiro; quer dizer – Pedra azul.

CANTOS POPULARES DO BRASIL

Lenço branco é apartamento,
Eu que digo é porque sei;
Me vejo apartada hoje
De um lenço branco que dei.

Sapatinho bole, bole,
Na forma do sapateiro;
Assim bolem os meus olhos
Quando veem moço solteiro.

O sol quando vem saindo
Pede licença ao amor
Para estender os seus raios
Por cima da bela flor.

O sol quando vai entrando
Leva o seu relógio dentro;
Ele vai marcando as horas
Deste nosso apartamento.

Fui na fonte beber água
Por baixo de uma ramada,
Somente para te ver,
Que a sede não era nada.

Fui no rio lavar roupa
Me saiu o sol por engano;
Tanto lava a mulatinha,
Que até no lavar tem fama.

SÍLVIO ROMERO

Não me atires com pedrinhas
Que eu estou lavando louça;
Atira devagarzinho
Que papai, mamãe não ouça.

O capitão cheira cravo,
Marinheiro cheira canela;
Mais vale um filho de fora,
Do que duzentos da terra.

174
Em cima daquela serra
(Rio de Janeiro)

Em cima daquela serra
Tem uma abobora madura;
Não sei o que tenho eu,
Que amor comigo não dura.

Minha cigarrinha triste
No morro da Paciência,
O amor quando tem outro
Logo mostra a diferença.

Nunca vi o pé de figo
Dar figo pela raiz;
Nunca vi moça bonita
Com tamanho de um nariz.

Aquela casa do morro
Está em muito bom lugar;
Toda a vida eu te amando
Nunca pude te apanhar.

Ei de subir este morro
Com os joelhos pelo chão,
Só para ver se apanho
Mulatas de opinião.

175
Pinheiro
(Rio Grande do Sul)

Pinheiro, me dá uma pinha
Que eu te darei um pinhão,
Menina, dá-me os teus braços,
Que eu te dou meu coração.

Quem tem pinheiro tem pinha,
Quem tem pinha tem pinhão,
Quem tem amores tem zelos,
Quem tem zelos tem paixão.

Oh que pinheiro tão alto,
Que de alto se envergou!
Que menina tão ingrata,
Que de ingrata me deixou!

Que pinheiro tão baixo
Com tamanha galharada!
Nunca eu vi moça solteira
Com tamanha filharada.

176
Chula matuta, a duas vozes
(Pernambuco)

Cravo branco se conhece *(bis)*
Pelo bom cheiro que tem; *(bis)*
     – Quem me dera saber ler...
Eu conheço a rapariga
Já de longe quando vem.
     – Quem me dera saber ler...
Quem nunca provou não sabe
Dos quindins das mulatinhas;
     – Quem me dera saber ler...
São papudas, são gostosas,
São melhores que as branquinhas.
     – Quem me dera saber ler...

177
O Lobisomem e a Menina
(Pernambuco)

– Menina, você onde vai?
"Eu vou na fonte."
– Que vai fazer?

CANTOS POPULARES DO BRASIL

"Vou levar de comer
À minha mãezinha."
– O que leva nas costas?
"É meu irmãozinho."
– O que leva na boca?
"É cachimbo de cachimbar...
Ai! meu Deus do céu,
O bicho quer me comer,
O galo não quer cantar,
O dia não quer amanhecer,
Ai, meu Deus do céu!"[118]

178
Quadras popularizadas
(Pernambuco)

– Menina, saía da janela,
Que a janela não é sua:
"Ó *chente*, senhor tenente,
Deixe a gente ver a rua."
– Menina, saía da janela,
Vá para dentro da cozinha:
"Ó *chente*, senhor tenente,
Deixe a gente ver a vizinha."

---

[118] Estes versos são uma cópia de um conto popular de que não nos lembramos mais, nem nos foi possível conseguir da tradição oral.

SÍLVIO ROMERO

179
Xô, passarinho!
(Rio de Janeiro)

Xô, passarinho,
Saia fora do meu arrozal!
Você não me ajudou a plantar,
Você não me ajudou a colher,
Você não me ajudou a aterrar,
Nem me ajudou a cortar!
Mas quando meu papa vier,
Eu tudo lhe ei de contar...
Xô, passarinho,
Saia fora do meu arrozal!

180
Eu passei o mar a nado
(Rio de Janeiro)

Eu passei o mar a nado
Com uma vela acesa na mão;
Em todo mar achei fundo,
Só em ti pouca paixão.

Eu cerquei o mar em roda
Com cartinhas de jogar;
Todos logram seus amores,
Só eu não posso lograr.

Cantos populares do Brasil

Adeus, adeus, Barro-Alto,
Minhas costas vou virando;
Eu não sei que deixo nele,
Que meu coração vai chorando.

Passai por mim, não me fales,
Guardai respeito a alguém;
Podeis passar e falares,
Respeitando a quem quer bem.

Subi ao céu em uma linha,
E desci por um retrós
Para buscar a salvação
Para mim[119] vos dar a vós.

181
Fui eu que plantei a palma
(Rio de Janeiro)

Fui eu que plantei a palma
No caminho do sertão;
Nasceu-me a palma na mão
E a raiz no coração.

Abaixai-vos, limoeiro,
Quero tirar um limão,
Para tirar uma nodoa
Que trago no coração.

---

[119] Modo de falar muito comum em Parati e em outros pontos da província do Rio de Janeiro.

SÍLVIO ROMERO

A malvada cozinheira,
Com sua fita amarela,
Com sentido nos amantes,
Deixou queimar a panela.

Você diz que não há cravo
Na Vila de Parati,
Ainda ontem vi um cravo
No peito de Joaquim.

Fui eu que errei o verso,
Minha cabeça virou;
Virei para a banda das moças
E o tiro me acompanhou.

Eu já fui mestre de campo
E campeiro na campina;
Quem é mestre também erra,
Quem erra também se ensina.

Já fui pasto, já pastei
Pasto de muitas ovelhas,
Daquelas que vestem saias,
Botam brinco nas orelhas.

O meu peito está fechado,
A chave está em Lisboa;
O meu peito não se abre
Se não a vossa pessoa.

CANTOS POPULARES DO BRASIL

Abaixai-vos, serras altas,
Quero ver Guaratinguetá,
Quero ver o meu benzinho
Nos braços de quem está.

Apareça, não se esconda,
Sua cara bexigosa;
Cada bexiga seu cravo,
Cada cravo sua rosa.

A laranja tem dez gomos
Todos debaixo da casca;
Amor, não me deis mais penas,
Que as que tenho já me basta.

Me pediste uma laranja,
Meu pai não tem laranjal;
Se queres um limão doce,
Abre a boca, toma lá.

O anel que vós me destes
Era de vidro, quebrou-se;
O amor que tu me tinhas
Era pouco, já se acabou.

Minha mãe, case me logo,
Casadinha quero ser,
Eu não sou soca de cana,
Que morre e torna a nascer.

SÍLVIO ROMERO

Minha mãe, case me logo
Enquanto sou rapariga;
Depois não venha dizendo
Que estou com o peito caído.

Encontrei com meu benzinho
Encostado em uma pedra.
Uma mão chega não chega,
E a outra pega não pega.

Os meus olhos de chorar
Já perdeu claridade,
De chorar continuamente,
Benzinho, a tua saudade.

Eu fui que nasci no ermo
Entre dois cravos mirantes,
Dai-me uma gota de leite
Desse vosso peito amante.

Eu nasci sem coração,
Não sei como ei de viver;
Menina, me dai o vosso
Para no meu peito trazer.

Os galos estão cantando,
Os passarinhos também;
Já aí vem o claro dia
E aquela ingrata não vem.

182
Negócios com Pedro Alves
(Rio de Janeiro)

Negócios com Pedro Alves
Eu não quero mais;
A couve da minha horta
O gado dele comeu;
E, pagando arrendamento,
Que lucro é que tiro eu?
Fui justar contas com ele,
E nenhuma conta fiz;
Negócios com Pedro Alves
Eu não quero mais...

183
Uma moça me pediu
(Rio de Janeiro)

Uma moça me pediu
Um vestido de filó;
Eu mandei-lhe por resposta:
– Se o couro não é melhor.
Tú-tú-rú-tú-tú
Lá de traz do murundú...
Teu pai e tua mãe
Que te comam com angu...

SÍLVIO ROMERO

184
Maria, minha Maria
(Rio de Janeiro)

Maria, minha Maria,
Maria de Nazaré,
No meio de tantas Marias
Eu não sei qual delas é.

Maria, se tu souberas
Como está meu coração!
Está como uma noite escura
Da maior escuridão.

Três estrelas tem no céu,
Todas três com uma feição;
Uma é minha, outra é vossa,
Outra de meu coração.

Três estrelas tem no céu,
Todas três em carreirinha;
Uma é minha, outra é vossa,
Outra é de Mariquinha.

Três estrelas têm no céu,
Todas três a par da lua,
Meu amor está no meio
Formosa como nenhuma.

Abaixai-vos, serra alta,
Quero ver toda a cidade;
Quero ver o meu amor
Que estou morto de saudades.

Cantos populares do Brasil

Triste coisa é ser cativo
E servir a dois senhores;
Pois um manda e outro manda,
Cada um com mais rigores.

Vejo mar, não vejo terra,
Olho, não vejo ninguém;
Vejo-me perto da morte,
Longe de quem me quer bem.

Dentro de meu peito trago
Um lambique de retros
Para destilar saudades
Quando me lembra de vós.

Se eu soubera o que sei hoje,
Ou alguém me avisara
Que amor tão caro custa,
Nunca eu me cativara.

Viola de cinco cordas
Cinco cordas mesmo tem;
Cinco degredos merece
Quem se aparta de seu bem.

185
Menina, minha menina
(Rio de Janeiro)

Menina, minha menina,
Quem pergunta quer saber:
Saindo daqui agora
Onde irei amanhecer?

SÍLVIO ROMERO

Menina do lenço branco,
Vinde me dar um conselho:
Dizei se posso amar
A moça do lenço vermelho.

Aqui tens um lenço branco
Para limpar o teu rosto;
Queira Deus que isto não seja
Entre nós algum desgosto.

Aqui tens um lenço branco
Com dois raminhos floridos,
Dentro dele achareis
Nossos corações unidos.

Minha laranja da China,
Quem te comeu a metade?
Foi o passarinho verde,
Jurador da falsidade.

Tenho meu tinteiro de ouro
Com pena de *avoador*,
Para escrever saudades
No peito de *Lianor*.[120]

Fui no mato tirar lenha,
Meti um espinho no pé;
Amarrei com fita verde
Cabelinho de Teté.

---

[120] Leonor.

CANTOS POPULARES DO BRASIL

Me pus a contar estrelas
Com a ponta da minha espada;
Peguei à boca da noite,
Acabei de madrugada.

O sabão, para ser bom,
Há de ser da *bassourinha*,
Daquela que tem no campo
A folhinha miudinha.

186
Quero bem ao pé de cravo
(Rio de Janeiro)

Quero bem ao pé de cravo
Por nascer no meu terreiro,
Quero bem a Mariquinha
Por ser meu amor primeiro.

Suspiro, tomai mais tento,
Não me acabeis de matar;
Para meu castigo basta
Querer bem e não lograr.

Boa flor é o suspiro
Cá na minha opinião;
Todas as flores se vendem,
Só os suspiros se dão.

SÍLVIO ROMERO

O menino pequenino,
Tem coração de serpente;
Quando é pequeno chora,
Quando cresce mata a gente.

187
Cantiga de negros carregando um piano
(Pernambuco)

Bota a mão
No argolão;
Sinhazinha
Vai tocar;
Afinador
Vai afinar;
Sinhazinha
Vai pagar...

188
Comprei um vintém de ovos
(Pernambuco)

Comprei um vintém de ovos
Para tirar geração;
O pinto morreu na casca,
Não tenho fortuna, não.

Comadre, minha comadre,
Comadre bastante ingrata,
Venha catar-me piolhos,
Que há muito tempo não cata.

CANTOS POPULARES DO BRASIL

189
Você gosta de mim[121]
(Pernambuco)

Você gosta de mim,
Eu gosto de você;
Se papai consenti,
Oh! Meu bem,
Eu caso com você...
Alê, alê, calunga,
Mussunga, mussunga ê.

Se me dá de vesti,
Se me dá de come,
Se me paga a casa,
Oh! Meu bem,
Eu caso com você...
Alê, alê calunga,
Mussunga, mussunga ê.

190
Siá Nanninha
(Pernambuco)

Siá Nanninha,
Na ponta da linha;
Seu Manoel
Corta pau;

---

[121] Inserimos estes versinhos, colhidos por nós em Pernambuco, porque provam a justaposição do português com uma língua africana das faladas por nossos pretos.

Berimbau:
Azeite doce
Com bacalhau
É coisa boa,
Pois não é mau.

191
Os galuchos me prenderam
(Pernambuco)

Os galuchos me prenderam
Na torre do seu castelo,
Roendo um pé de burro,
Pensando que era marmelo.
Valentim, tim, tim,
Valentim, meu bem;
Quem tiver inveja
Faça assim também.

192
Cantigas de desafio
(Pernambuco)

Capitão rabeca,
Espadim de pau;
Cala a boca, negro,
Olha o bacalhau.

CANTOS POPULARES DO BRASIL

Agora foi que eu cheguei,
Achei violas tocando;
Vi dois peitos destinados,
Aí fui me destinando.

Aqui eu faço barreira,
Não é para outro subir;
Apanhei-o encurralado,
Não tem para onde fugir.

Quando canto desafio,
Abro a voz, suspendo o brado;
Quero que o meu peito sinta
A lei e o rigor do fado.

Destes cantadores novos,
Que cantam por desafio,
Dou-lhes conselho de mestre:
Que vão tratar de seus filhos.

Sou cobra do boqueirão,
Onça, tigre de roncar,
Que mato sem fazer sangue,
Engulo sem mastigar.

Sou forte, sou corajoso,
Sou duro, sou valentão;
Sou como a onça no inverno,
E a cascavel no verão.

SÍLVIO ROMERO

Eu não temo a cantador
Ainda que chova ao punhado,
Nem que venha do inferno,
Fedendo a chifre queimado.

Vejam no cantar das rolas,
No seu trinar gemebundo,
Vem o eco destes montes
Entoar o seu segundo.

Sibiti, caboclinho,
Canário, *beija-fulô*,
Juriti, rola – asa-branca,
Tico-tico, – *serrado*.

Quando pego na viola,
Que ao lado tenho o pandeiro,
Só me lembro a Virgem Santa
E um só Deus verdadeiro.

Estando eu agoirado
Na serra do Beleguim,
Não há pessoa que suba,
E se subir não descamba,
Se descambar leva fim.

O fim do pau é no olho,
O forro da água no chão;
Eu como sou cantador
Sou filho do Riachão.

CANTOS POPULARES DO BRASIL

Manoel do Riachão[122]
Tem fama de cantador;
Quando eu cheguei nesta terra
Bateu asas e voou.

193
Pequena silva de cantigas soltas
(Rio de Janeiro)

Vamos dar a despedida
Como deu o bacurau;
Uma perna no caminho,
Outra no galho do pau.

Toda moça que não tem
Seu neném para brincar,
Pode ficar na certeza
Que no céu não há de entrar.

Laranjeira, mãe do choro,
Ajudai-me a chorar;
Que perdi o meu benzinho,
Ajudai-me a procurar.

Toda a moça que não tem
No cabelo um penacho,
Pode viver na certeza
Que morrendo vai para o tacho.

---

[122] Rapsodista e improvisador dos sertões de Pernambuco, oriundo da Ribeira de São Francisco.

SÍLVIO ROMERO

Alecrim na beira da água
Pode estar quarenta dias,
Um amor longe do outro
Não pode estar nem um dia.

Está roncando trovoada,
Porém não há de chover;
Meu amor está doente,
Porém não há de morrer.

Manoel, peito de arara,
Formosura de pavão,
Tirai a pena do peito,
Escrevei no coração.

Manoel, não vá lá fora,
Que lá fora está ventando;
As folhas do patieiro
Todas estão se derramando.

Antonico, Antoniquinho,
Maravilha no chapéu;
Isto não são maravilhas,
São estrelinhas do céu.

Manoel, não vá lá fora,
Que eu lhe posso sustentar
Na ponta de minha agulha,
No fundo do meu dedal.

Cantos populares do Brasil

Alecrim verde, cheiroso,
Não sejas enganador;
Todo amante que é firme
Não engana seu amor.

Lá no alto desta serra
Como não vem bonitinho!
Traz o seu laço na mão
Para laçar seu passarinho.

Andorinha pequenina
Come fruta no jambeiro;
Eu quero dormir um sono
Na trança de seu cabelo.

Tenho um lenço de três pontas
E também um guardanapo;
O negócio vai à porfia,
Veja que eu desato o saco.

Laranjeira ao pé da porta
Na cama me vai o cheiro,
Guarda teus olhos, menina,
Para mim, que sou solteiro.

Nesse lenço desenhado
Vive um terno passarinho;
Sem ter cuidado de amar,
Sem pensão de fazer ninho.

SÍLVIO ROMERO

Se nesse lenço pegares
Enxuga o lindo semblante,
Então lembra-te de mim,
Meu amor firme e constante.

Olhos de azeitona parda,
Bem te entendo o teu olhar;
Bem podes viver seguro
Que a outro não ei de amar.

Cravo roxo, sentimento,
Mais sentido é que estou,
Não me cabe no meu peito
Amar a quem me deixou.

Se eu correndo não te apanho
Devagar te apanharei;
Se eu te apanho nos meus braços
Em que estado te porei?

A perpetua verde parda
Nela vive confiada;
Se o teu amor é firme,
Não me traz desenganada.

O amarelo desbota,
O verde não perde a cor;
Se me perderes de vista,
Não me percas do amor.

CANTOS POPULARES DO BRASIL

A luz daquela candeia
Que me deu o desengano,
Mais vale o amor de uma hora,
Do que a justiça em um ano.

Eu plantei a madressilva
Da semente da mimosa;
A cabo de sete anos
A madressilva deu rosa.

Dai-me dessa lima um gomo,
Dessa laranja um pedaço,
Dessa boquinha um beijo,
Desse corpinho um abraço.

Se eu soubera que vos vinha
Aliviar minhas penas,
Acharíeis casa varrida,
Semeada de açucenas.

Sois bonita, sois bem feita,
Delicada de cintura,
Sois combatida de amores,
De mim não andais segura.

Noite escura me conhece,
Deve de me conhecer;
A noite escura bem sabe
De meu triste padecer.

SÍLVIO ROMERO

O campo verde se alegra
Quando vê o sol nascer;
Assim se alegram meus olhos
Quando te chegam a ver.

As ondas do mar lá fora
São pretas como um limiste;
Dizei-me como passaste
Os dias que me não viste?

Os dias que eu não te vi
Passei miseravelmente;
Agora que estou contigo
Eu vivo alegre e contente.

Tenho um lenço de três pontas,
Mais outra por inversão;
Querem me tirar de um gosto,
Não sei se me tirarão.

Arrenego do caminho
Que tantas pedrinhas tem;
Se não foram teus carinhos
Cá não viera ninguém.

Esta noite choveu ouro,
O diamante orvalhou;
Já vem o sol com seus raios
Enxugar quem se molhou.

Alegrias não as tenho,
Tristeza comigo mora;
Se eu tivesse alegrias,
Tristeza deitara fora.

Cantos populares do Brasil

Suspiros sobre suspiros,
Suspiros por quem se dão?
Vede por quem suspirais,
Não deis suspiros em vão.

Menina, me dai tabaco
Nessa vossa bocetinha,
Que a minha ficou em casa
Fechada na gavetinha.

Que tão alta vai a lua,
Que o sereno lhe acompanha!
Muito triste fica um homem
Quando uma moça lhe engana!

Cravo roxo dolorido,
É tempo de florescer;
Os vossos olhos, menina,
Me deitarão a perder.

194
Fragmento do Vitú
(Rio de Janeiro)

– Vem cá, Bitú! vem cá, Bitú!
Vem cá... "Não vou lá, não;
Não vou lá, não vou lá, não vou lá;
Tenho medo de apanhar!
– Cadê o teu camarada?
"Água do monte o levou...
– Não foi água, não foi nada,
Foi cachaça que o matou. ·

195
Fragmento do Vitú
(Coletado pelo senhor F. A. de Varanhagem)[123]

"Vem cá, Vitú! Vem cá, Vitú!"
– Não vou lá, não vou lá, não vou lá.
"Que é dele o teu camarada?
– Água do monte o levou.
"Não foi água, não foi nada,
Foi cachaça que o matou.

196
Quadra pernambucana
(Coletada por Celso de Magalhães)

Duas coisas me contentam
E são da minha paixão:
Perna grossa cabeluda,
Peito em pé no cabeção.

197
Quadra do Pará
(Coletada pelo doutor Couto de Magalhães)

Quanta laranja miúda,
Quanta florinha no chão,
Quanto sangue derramado
Por causa desta paixão!

---

[123] Este escritor, na Introdução ao seu *Florilegio da Poesia brasileira,* fala em mais duas modinhas dos tempos coloniais: – *Banguê, que será de ti,* e *Mandei fazer um balaio,* etc.; mas as não dá por extenso. Nós nunca as encontramos na tradição.

CANTOS POPULARES DO BRASIL

198
Quadra de São Paulo
(Coletada pelo doutor Couto de Magalhães)

Pinheiro, dá-me uma pinha,
Roseira, dá-me um botão;
Morena, dá-me um abraço,
Que eu te dou meu coração.

199
Quadra de Mato Grosso
(Coletada pelo doutor Couto de Magalhães)

O bicho pediu sertão;
O peixe pediu fundura;
O homem pediu riqueza;
A mulher a formosura.

200
Quadra do Pará, comprovativa de um período de justaposição do português e do tupi
(Coletada pelo doutor Couto de Magalhães)

Te mandei um passarinho,
Patuá miré pupé;
Pintadinho de amarelo,
Iporanga ne iané.

201
Quadra do Amazonas comprovativa de um período em que uma das línguas já predomina
(Coletada pelo doutor Couto de Magalhães)

Vamos dar a despedida
Mandú sarará,
Como deu o passarinho;
Mandú sarará,.
Bateu asa, foi-se embora,
Mandú sarará,
Deixou a pena no ninho.
Mandú sarará.[124]

202
Quadrinhas de Minas Gerais, comprovativas do período do predomínio completo de uma língua sobre a outra
(Coletadas pelo doutor Couto de Magalhães)

Vamos dar a despedida
Como deu a pintassilga;
Adeus, coração de prata,
Perdição da minha vida!

---

[124] Lembramo-nos de ter, muitíssimas vezes, ouvido muitas quadras em Sergipe de igual teor; somente o estribilho *selvagem* é que diverge um pouco, dizendo-se lá *mandum sérerê*. Não temos de memória tais fragmentos da poesia popular; mas a música que ordinariamente os acompanha ainda hoje sabemo-la decor. Algumas vezes em *sambas* ao som da *viola* e do *baiano*, temos ouvido os *improvisadores sertanejos* comporem motivos sobre aquele *estribilho constante*. Algumas vezes, por outro lado, como estudo, tentamos tomar parte no número dos repentistas populares, e, por exemplo, de viagem da Estância para a barra da **Boziba** a bordo de canoas, nunca pudemos, apesar de nosso conhecimento dos metros da língua, senão dificilmente acompanhar os bardos incultos.

Cantos populares do Brasil

Vamos dar a despedida
Como deu a saracura;
Foi andando, foi descendo:
Mal de amores não tem cura.

203
Fragmentos de cantos populares
(Coletados em Mato Grosso pelo senhor J. Ferreira Moutinho)

Em cima daquele morro,
Sinhá dona,
Tem um pé de jatobá;
Não há nada mais pió,
Ai, sinhá dona,
Do que um home se casa.

Eu passei o Parnaíba
Navegando em uma barca,
Os pecados vêm da saia,
Mas não pode vir da calça.

Dizem que a mulher é falsa,
Tão falsa como papel;
Mas quem vendeu Jesus Cristo
Foi homem, não foi mulher.